担复兴大任 做时代新人

我是一名时代新人，

我珍惜新时代给予我的名字。

我是光荣的劳动者，

接力担当时代重任。

我对未来充满自信，

在平凡的岗位，用热爱点亮梦想。

我努力自我超越，

做好自己，带动他人。

我坚持奋斗追梦，

用奋斗创造新生活，引领新风尚。

担复兴大任，做时代新人！

——时代新人誓词

担复兴大任　做时代新人

时代新人说

讲演录

泰原轩　主编

中共太原市委宣传部　出品

山西出版传媒集团
山西教育出版社

嘉宾简介

詹国枢

全国政协委员，《人民日报·海外版》原总编辑，享受国务院专家特殊津贴，第二届“长江韬奋奖”长江系列获奖者。1974年9月加入中国共产党。1978年至1982年在复旦大学新闻系学习。在经济日报社历任记者、主任、高级记者、编委委员、副总编辑。

曲建武

大连海事大学马克思主义学院教师，二级教授、博士生导师，教育部思想道德修养与法律基础课教学指导委员会副主任委员，国家哲学社会科学基金评审委员。获“时代楷模”“全国优秀教师”等荣誉称号。曾任辽宁省高校工委副书记、辽宁省教育厅副厅长。

蒋昌建

复旦大学国际关系与公共事务学院副教授，1993 年新加坡大专辩论会最佳辩论员。美国耶鲁大学、哥伦比亚大学、法国政治科学学院、比利时自由大学访问学者，法国政治革新基金会监事，中国商业联合会专家组成员，上海创意产业协会理事，原上海信息化专家委员会委员。江苏卫视《最强大脑》主持人，浙江卫视《智造将来》主持人，东方卫视《今晚 60 分》嘉宾主持，《杨澜访谈录》总策划。

张　坤

中国青年报社党委书记、总编辑、高级记者，博士，十九大代表，中国青年报刊协会会长，获“四个一批”人才、“新闻出版领军人物”“国务院新闻专业委员会成员”等荣誉称号。

嘉宾简介

杨　禹

中国改革报社副社长，中央电视台特约评论员。曾先后就职于清华大学、北京人民广播电台、中国经济导报社、国家发改委城市和小城镇改革发展中心，作品曾多次获得中国新闻奖。他是《新闻联播》40年历史上引入的第一位新闻评论员，还参与了2009年以来历年全国两会、历次中央全会的评论工作。担任最高人民法院司法信息传播专家，中组部“两学一做”全党教育片主讲人，大型政论专题片《将改革进行到底》总撰稿。

祝灵君

中共中央党校（国家行政学院）党建教研部副主任，教授、博士生导师，全国党建研究会常务理事，国家“四个一批”人才。2004年毕业于北京大学政府管理学院，获政治学理论专业博士学位。曾在中共四川省委党校党建部、中共中央党校办公厅等部门工作。主持研究国家级课题4项，出版专（合）著12部，发表论文100余篇，20多篇文章被《新华文摘》和人大复印资料全文转载。

钟　君

博士，研究员，中国历史研究院副院长兼文献信息部主任，中国社科院大学21世纪当代中国马克思主义高等研究院副院长，国家“万人计划”青年拔尖人才。曾担任中国社会科学院办公厅副主任、中国社会科学杂志社副总编，挂职内蒙古自治区党委宣传部副部长。出版学术专著多部，在各类报刊发表论文、研究报告50余篇。代表作有《马克思靠谱》《中国特色社会主义政治价值研究》《社会之霾——当代中国社会风险的逻辑与现实》《公共服务蓝皮书》等。策划并制作讲述马克思生平的动画片《领风者》。

嘉宾简介

徐　川

十九大代表，江苏团省委副书记（兼职），央视《百家讲坛》特别节目主讲人。现为南京航空航天大学教授，马克思主义学院党总支书记。江苏省高校思政教育研究中心主任，江苏省中共党史学会副会长。获“全国五一劳动奖章”“全国网络正能量榜样”“全国辅导员年度人物”“全国高校首批思政工作中青年骨干”等荣誉和称号。为国家级教学成果奖第一完成人，江苏省优秀党务工作者，江苏省教学成果特等奖第一完成人，江苏省首批党课名师。

张　璐

中共太原市委常委、宣传部部长。

担复兴大任　做时代新人

（代序）

习近平总书记在党的十九大报告中提出“培养担当民族复兴大任的时代新人”。什么是时代新人？怎样理解时代新人？如何培养时代新人？必须有正确的认识和方法，以确保我们走在正确的道路上。太原在党的十九大后，持续深入地开展“担复兴大任，做时代新人”活动，用生动的实践回答了这一时代命题。

培养时代新人首先是新时代的政治动员

新时代，新思想，需要“新人类”。没有秉承新思想的人，完成时代使命就是一句空话。这个“新人类”，就是用习近平新时代中国特色社会主义思想武装起来的“时代新人”。培育时代新人，首先是新时代的政治动员、政治行动。

基于此，我们在活动中始终坚持“三个一”：树一面旗帜——习近平新时代中国特色社会主义思想；走一条道路——中华民族伟大复兴的道路；叫一个名字——时代新人。这和以往各类道德模范、先进典型的选树不同，不是简单的重复或加法，而是质的改变，是在新思想的旗帜下聚合、提升和超越。用“一面旗帜、一条道路、一个名字”，把普通百姓团结起来，把人心凝聚起来，把分散的力量集合起来，引导大家朝着一个方向共同发力。也就是说，有了“时代新人”这个标签，大家就会知道，我是哪个“部队”的，我要完成什么任务，我们的红旗在哪里，我们共同的信念是什么，我不是一个人在战斗！

时代新人的主体是千千万万普通人

习近平总书记曾经讲过“千千万万普通人最伟大”，一句话，道出了一个真正的马克思主义者深挚的人民情怀。争做时代新人是对全体人民的动员，不针对某一特定群体，不分年龄、职业、身份，只要秉承新思想，并立足本职、付诸行动，任何人都可以成为时代新人。让每个人在新时代里都能找到自己的坐标，都有机会实现自己的梦想，从而调动社会各方面的积极性、主动性和创造性，投身民族复兴事业。从这个意义讲，时代新人不是只能仰望，而是触手可及的；不是远在天边，而是近在眼前的。他是我们的亲人、同事、同学、朋友，也包括“我”。当我们组织“时代新人说”的讲述活动时，参与者都会有这样的感受，“他说的就是我”“我再努力些也会成为他”。我们的目标是，让每个人在新时代都能通过努力奋斗，而成为时代新人。当越来越多的人成为时代新人，我们离民族复兴也就越来越近。

从革命者、建设者、改革者，到复兴者

一代人有一代人的使命，一代人有一代人的担当。新时代，时代新人应该具备什么样的品质？

近百年前，当十几个人在南湖的一条小船上开会时，谁曾想到，一个新的时代已经悄悄来临。那个时候，绝大多数中国人还在沉睡。是以中国共产党人为代表的民族先驱，顺应时代潮流，担起民族救亡的大任，唤醒亿万同胞，开辟了一个新时代！他们就是那个时代的时代新人。

1949 年新中国成立，1978 年改革开放，同样也标志着新时代的到来，海外归来的赤子、大庆油田的工人、戈壁深处的科研人员，以及恢复高考后走进大学校园的学生、率先下海的民营企业家、小岗村的农民，是那个时代的时代新人。

如果说在中国共产党成立之后那 28 年的血雨腥风的时代需要“革命者”，新中国建设需要“建设者”，改革开放需要“改革者”，

那么，在这个实现民族复兴的伟大时代，需要的就是“复兴者”。

作为“复兴者”，既一脉相承，即具备时代新人的共同特征，顺应时代潮流，有理想有担当，敢为人先，一往无前，不怕牺牲；又应有新时代的独特品质。什么样的独特品质呢？前提是把握住“新时代”这个大的历史方位，把握住民族复兴这个大的历史使命。也就是对中国特色社会主义道路、理论、制度、文化有充分自信，同时具备能够展示这种自信的能力，具备担当民族复兴大任所需要的思想、精神、素质和气魄，并且是自觉、主动地投身其中，这是培养时代新人的方向。在太原，10 多万人参与了时代新人标准的大讨论，热爱、自信、担当、创新、专业、坚韧、奋斗成为高频词，为“复兴者”加上了很好的注解。

奋斗精神是时代新人的重要标志

习近平总书记多次强调“新时代是奋斗者的时代”“幸福是奋斗出来的”“奋斗本身就是一种幸福”。我们把这些思想概括为习近平总书记的“奋斗幸福观”，贯穿在时代新人活动中进行宣传引领。

实践中我们一直在摸索，什么才是时代新人？怎样培养时代新人？习近平总书记的“奋斗幸福观”给出了答案：时代新人就是新时代的奋斗者；带领人民一起奋斗，是培养时代新人的最好方法。“奋斗幸福观”点亮了时代新人，时代新人也用自己的行动诠释着“奋斗幸福观”。在这里，奋斗精神是时代新人的重要标志。

那么，什么是时代新人的奋斗？

首先，时代新人的奋斗是置身大时代下的奋斗，因为这个伟大的时代才让平凡人的奋斗这样有力量。祖国是个人成就的放大器，借时代之力才能实现自我突破；其次，时代新人的奋斗不是仅仅为了小我的奋斗，是小我与大我的统一，是自我实现和社会实现的统一。每个人在创造这个伟大时代的同时，也在创造自己的美好未来；再次，时代新人的奋斗不是一个人的奋斗，是大家共同的奋斗，在民族复兴的道路上一个都不能少。大家在共同奋斗中，相互帮助、相互感染、相互激励，这样的奋斗才是幸福和快乐的；复次，时代新人的奋斗还意味着一种回归，即对劳动的尊重。新时代是平凡劳动者做主角的时代，而奋斗正是劳动者的专利。新时代的劳动者不是普通意义上的劳动者，他是有着充分文化自信的劳动者，是精神生活十分充盈的劳动者。于这样的劳动者而言，劳动不再仅是生存的需要，更是经历幸福人生、完成自我超越、实现社会价值的需要；最后，通过带领人民群众一起奋斗来培养时代新人，才能把党和人民群众紧紧连在一起。当奋斗能产生效益，当奋斗能带来愉悦，当奋斗成为一种信仰，中华民族的复兴大业将迅速汇聚空前的能量。“在奋斗、能奋斗、爱奋斗”，应该成为新时代的新风尚。

党的创新理论“飞入寻常百姓家”的积极实践

习近平新时代中国特色社会主义思想为中华民族提供了强大的精神能量，这种能量需要通过喜闻乐见的形式深入人心，真正“飞入寻常百姓家”，使之成为人民群众的信仰和行动。

是否能做到这一点，根本在于是否能紧紧抓住人，在于是否具备人民情怀，在于是否能够和人民群众的思想情感达成一致。而这首先需要把目光聚焦平凡人、聚焦广大人民群众。培养时代新人为这样的转变创造了条件。

让普通劳动者做新时代的主角，站在舞台中央，用他们喜欢的方式，讲自己的奋斗故事，可以极大地激发人民群众的积极性。当千千万万普通人都能够站在我们搭建的舞台上“打开”自己的时候，新思想的影响就是自然而然、潜移默化的事了。这是最好的吸引群众，让群众参与，并在参与中受教育的方式。“给平凡人一个绚丽的舞台，让劳动者唱响时代之歌”，是新时代的动员“打开”方式，是培养时代新人一以贯之的主旋律。

当我们将价值追求投向诚实劳动与奋斗的同时，也必然相应地转变话语体系和叙述方式。讲好时代新人的故事，正是这种转变的具体体现。时代新人的故事就是新时代的故事、中国故事、平凡劳动者奋斗圆梦的故事。他们的故事根植时代，源于生活，来自奋斗，有血有肉，真实而有力量，是习近平新时代中国特色社会主义思想的生动实践，也最能为人民群众所信任接受。讲好时代新人的故事是新思想深入人心最有效、最直接的方式。

从故事主角的转换，到讲述方式的变化，再到价值引领的创新与升华，这本身就是民族复兴的任务和使命，是我们对人类思想情感的丰富、价值追求的提升所承担的责任，也是为民族复兴大业培养时代新人的题中应有之义！

中共太原市委常委、宣传部长　张 璐

目录

热爱
自信
担当
创新
专业
坚韧
……

REAI

热爱

时代新人——于 灏

>>人物小传

于 灏

•• 男，出生于1968年6月。

•• 现任太原市天龙山文管所所长。

•• 先后多次被评为文物系统先进个人。荣获2018年优秀市管干部、太原市“时代新人优秀宣讲者”等称号，荣登太原市“时代新人榜”。

•• 整整22年，他坚守在大山深处，是千年石窟的守望人。

带发的修行者

于　灏

去过天龙山的朋友都知道那里石窟林立，古迹众多，风光秀美，空气清新，到此游览会让人感到心旷神怡，心情愉悦。但是，如果在天龙山待一个月、一年、十年，甚至二十年，会是一种怎样的感受？我于 1997 年调入天龙山文管所工作，至今已有 22 年，从一名 29 岁风华正茂的青年到如今 51 岁的知天命之年。回首这 8000 多个日日夜夜，酸甜苦辣交织，我有着太多的回忆和深刻的感受。

多年来，我们每周需要在山上工作、居住 5 天，遇到大雪封山，更需要长达 20 多天坚守岗位不能回家。山区经常停电，那时电话、网络信号便彻底中断，我们几乎与世隔绝。幸好白天有石窟、古寺、书籍为伴；夜晚则可以仰望星空，听着松涛、风铃入眠。在山上，我们冬季靠生火取暖长达 17 年，常常因火炉熄灭而在凌晨三四点被冻醒。下雪后山路中断，无法采买，我们每日三餐便离不开土豆、白菜、醋了，这已算是上好的饭菜。我经常自嘲地与人说：我们就是带发的出家人。

我忘不了，阴雨连绵，我们冒雨查看石窟、巡视大殿、排除险情；大雪纷飞，我们站在没过膝盖的积雪中清理蟠龙松树冠上的落雪；我忘不了，凌晨两点，手握铁锹与盗伐树木的歹徒对峙，刀刃上冰冷的寒光刺着眼睛；我忘不了，雪天上山，车辆突然失控，滑出 30 多米，旁边就是百米悬崖；我忘不了，山区着火，我们肩扛灭火弹急跑二三公里奔赴火场，迎面扑来的是滚滚的热浪、浓烟和令人窒息的空气……

在 20 多年的岁月中，我有过失落和彷徨，照顾不了家人最让我难过。当我看到娇弱的妻子变得连本该男人做的修修补补的家务都能熟练操作，当我发现女儿还来不及在自己面前撒娇几次就转眼变成读研的大姑娘，既欣慰又心酸。

然而，景区的日新月异和文物事业的蓬勃发展，给了我继续前行的动力和信心！

天龙山石窟以精美的石刻造像闻名于世。但是，非常可惜，20 世纪 20 年代，在日本山中商会的策划和驱动下，石窟遭到了大规模盗凿，几乎所有的文物精品都流散于国外。不法奸商的贪婪和妄为，祖国当年的积贫积弱，造成了人类历史上这场悲惨的石窟文物被盗凿的浩劫——这是我们心中永远的痛。

景区的傍晚，斜阳夕照，幽静无声。我经常在这时走近石窟，静静地凝视这些身首分离的造像，想象它们当年的精美容颜。此时，在我的眼中，它们已不是冰冷的石像，而是有血有肉、历经沧桑、满怀慈悲的智者。恍惚中，我似乎听到了它们轻声的述说和深沉的呼唤。那一刻，我是多么渴望流失海外的造像能够回归故里，身首合一！那种发自心底的震撼和心痛，那种魂牵梦绕、期盼回归的强烈念头无数次激荡在我的心中！

随着三维扫描技术的发展，通过数字复原再现天龙山石窟艺术，让流失百年的造像魂归晋阳——这样的想法在我的脑海中时时萦绕。经过努力，我们最终与美国芝加哥大学达成合作协议，联合开展天龙山石窟数字复原项目。在整整 6 年的时间里，经过无数次的沟通和协商，我们终于在美国、日本、英国等 9 个国家，纽约大都会博物馆、大英博物馆、东京国立博物馆等 27 所博物馆中，采集到了 108 件天龙山流失造像的三维扫描数据，完成了 11 座主要石窟的数字复原工作。2019 年，我们将开启天龙山石窟数字复原国际巡展之旅。该项目成为中宣部“中华文化走出去”的重点推广项目。这是国际上第一例该种类型文物的大型数字复原巡展，它将作为太原、山西乃至中国的一张亮丽的文化名片，走出国门，走向世界。

当完整精美的影像通过数字复原之后，一尊尊呈现在眼前时，我心中的波澜无法用言语来表达。看着这些端庄典雅、飘逸多姿、栩栩如生的形象，我感到那眉眼、那嘴角都在向我微笑。我凝望着它们，仿佛见到了久别的至亲之人，不知什么时候，已泪流满面！

天道轮回，巨龙苏醒，流失文物数据的回归，让天各一方的天龙山造像合为一体，用数字再现精美绝伦的天龙山石窟艺术即将成为现实——这是只有新时代才能创造的盛事和奇迹。留住历史记忆，传承中华文明，是每一位文物工作者的使命和担当，是我们对伟大祖国的庄严承诺——我会在这条道路上一直走下去。

>> 嘉宾点评

张 坤

文明使者

一名优秀的文物工作者，也是一名文明使者。

留住历史记忆，传承中华文明，正是使命和担当。

那些栩栩如生的复原品，仿佛久别的至亲之人。没有对历史高度负责的精神，没有对事业赤诚的热爱，就没有这份“至亲”的情感与投入。

在石窟一干就是几十年，把自己修成了带发的“出家人”，只为了让流失百年的造像魂归晋阳，只为了心中那一份初心和信仰。

正是这样一批文明使者，让我们能够穿越时空，分享那艺术之美、那神圣的荣光。

正是这样一批文明使者，让我们能够更加增强文化的自信。

时代新人——辛圣东

>>人物小传

辛圣东

时代新人说·讲演录

- 出生于1990年8月。
- 中国中车太原机车车辆有限公司电力机车无损检测工程师。
- 被评为太原市“向上向善好青年”、太原市“时代新人优秀宣讲者”、中国中车青年风采大赛优秀青年、中国中车国际化人才“631工程”优秀毕业生等。
- 他深知列车检修的每道工序、每个细节，都关系到乘客的性命安危，一颗螺丝钉、一道裂纹都马虎不得。
- 他“择一业而终一生”，牢记师傅的谆谆教诲，甘愿为中国铁路事业奋斗终生！

一张草稿纸上的逆袭

辛圣东

我小时候看过一部动画片，叫《铁胆火车侠》。记得那时每天放学后，我都会迫不及待地冲进家门，打开电视，搬个小板凳坐在电视机前，目不转睛地看着“希望号”“阳光号”大战“黑暗军团”。而这些火车侠们就是我记忆中“安全卫士”的化身。从那时起，我便喜欢上了火车。源于对火车的热爱，我从火车迷变成了一名“90后”机车无损检测工程师。而现在的我，又因为一张不同寻常的草稿纸，把职业当成了使命，立志要成为一名真正的列车安全卫士。

说起我的职业，其实很多人并不了解。所谓无损检测，就像是用B超检查身体，而我们则是检测列车关键零部件中的缺陷，避免列车在高负荷运转下发生断轴或崩轮事故，防止列车出现颠覆、出轨甚至车毁人亡的事故，所以这是一项极其严谨、细致，不能出现一丝差池的工作。

当理想照进现实，兴趣成为职业，一切都并非想象中那样完美。重复烦琐的试验也远没有像乘坐列车欣赏风景那般悠闲惬意。记得一个礼拜天的早晨，我还在睡觉，电话铃响了，老师让我立马赶到单位，协助完成一项可靠性验证试验。从家到单位，一路上，我都在抱怨，埋怨老师在礼拜天还要给自己派活儿。到单位之后，我极不情愿地推开门，看到老师已经端坐在试验台前，手握探头，双眼紧盯着探伤仪的屏幕，时而微微调整探头的位置，时而又眉头紧锁分析波形的变化——这种状态持续了近 3 个小时。试验完成后，我照例去收拾仪器、整理资料，却在仪器上方发现了一张写满公式的草稿纸，我正准备扔掉，无意中瞥了一眼，却发现它并不简单。这不是一张普普通通的草稿纸，而是一份医院的化验报告单，姓名处赫然写着老师的名字。化验结果那一栏有一长串文字，我并不太懂，但是其中有两个字母却深深地刺痛了我——CA，我知道这是 cancer，是癌症。那一刻，我愣住了，我不敢更不愿把眼前这个自信满满的女强人跟那张脆弱的草稿纸联系在一起，她竟然豁达到将化验单当草稿纸来使用。她是我们单位的一名教授级高级工程师，按照资历本可以轻松享受优厚的待遇和津贴，但是她忍受病痛，执着于自己的事业。在那次试验之后，我一遍遍地在脑中回放着当时的画面，她拿起笔在化验单上一笔一画地书写着公式，这是对无情病魔的抗争！你打败不了我，我还想，我还能，再为中国的铁路事业奋斗 10 年！这张草稿纸让我经历了自己职业生涯的第一次重要转折——它让我看到了一份责任的担当，一份炽热的情怀；它让我明白了对于铁路无损检测而言，我们所做的还远远不够，探伤技术的突破革新、百分之百的缺陷检出率将是我们未来的使命。

直到现在，老师的习惯和作为依然影响着我。在我们这个行业，有一个准则，所有从事无损检测的人员必须要通过相关行业的考试才能从业，而每一类检测方法都对应着一门考试，粗略计算下来，要通过10门考试，才能成为一名真正的无损检测工程师。由于无损检测是列车安全运行的重要保障，所以这样的考试并非“60分万岁”，而是“80分及格”，但是我对自己的要求是每一科都力争拿满分。很多人劝我：“这就是一个通过性的考试，你那么较真干吗，考满分单位又不会多发你一分钱，及格就行了。”但是我不这么认为，也许就是因为那几分背后知识点的遗漏将会引发一场巨大的灾难呢！这并非危言耸听，历史上很多血淋淋的事故一直在告诫我：不出事是硬道理，出了事就没道理！如果连自己都对错误置之不理，那么又该由谁为事故和眼泪埋单？

纵观中国高铁迅速发展的10年，不正是以百分百的要求实现了逆袭吗？10年前，我们饱受质疑，不少外国专家认为中国无法实现高速铁路的运营。10年间，我们敦品励学，潜心研究各项技术，实现了铁路装备的弯道超车；10年后，我们铸就了国之重器，共同展望“八纵八横”的新格局。这背后是无数中车人的坚守和付出。

回想刚参加工作第一次走进公司大门之时，我远远地就看到一行字——正心正道，善为善成，这是中国中车的核心价值观。聚焦眼下，相信技术探索的道路永远没有尽头，便是我的正心；保障每一位旅客生命以及国家财产的安全，便是我的正道。而那张写满公式的草稿纸，虽没有鸡汤格言，没有豪言壮语，但它永远是我的座右铭，让我明白了什么叫“择一业而终一生”。放眼未来，“太原地铁太原造”以及和谐电力机车C6修等项目已经全面启动，而在我身后还有数千中车太原人，他们把列车运行安全当成自己的使命，所以请大家相信：有我们在就有安全在。一年一度的春运已经开始，在这里愿每一位旅客都能平安回家，当你们与家人团聚、其乐融融的时候，便是我们中车人最自豪的时刻！

>> 嘉宾点评 蒋昌建

我们在，安全就在

高铁，是中国速度的象征。高速火车安全运行，关系到千家万户的美满与幸福，也关系到国家综合实力的展现。辛圣东，作为一名“90后”的机车无损检测工程师，担负着稍有不慎，检测方面出了一丝问题，就有可能酿成大祸的高强度、高压力的工作。当人们问起他为什么能够有这么强的抗压能力，能够在很短的时间内通过10门考试顺利取得无损检测工程师资格证的时候，他说，老师那张写满公式的草稿纸激励着他，保证百姓生命安全是他的责任：我们在，安全就在。正是这样的担当，才让每一名像辛圣东这样的铁路人铸就了人类交通发展史上的中国速度、中国安全以及中国奇迹。

时代新人——任保青

>> 人物小传

任保青

时代新人说 · 讲演录

- 男，出生于1979年11月。
- 中共党员，太原植物园总工办负责人。
- 中科院植物研究所植物学博士，高级工程师。荣获2013年太原市优秀党员称号，被选为2017年太原市高端创新型人才，荣获2018年太原市“时代新人”，并入选“三晋英才”青年优秀人才支持计划。
- 对植物眷恋热爱，对工作专注积极。努力奋斗，终迎来幸福花开。

我和我的植物王国

任保青

我叫任保青，是太原植物园的工作人员，2010 年毕业于中科院植物研究所，植物学博士。学以致用和离家近是我选择到太原植物园工作的主要原因。我要讲的是我和我的植物王国的故事。

我目前的植物王国，经历了从无到有、从少到多的累积过程，历时 5 年时间，现在由 800 多个物种组成。在这些物种里面，有一部分是需要我们更好地认识和重点保护的成员，它们就是珍稀濒危植物。

现在，介绍我的贵客——南方红豆杉，别称紫杉。它们是国家一级野生保护物种，属于珍稀濒危物种。它们的珍稀状态是什么导致的呢？原来，它们是分公母的，只有在一起才可以结出种子，然而自然状态下的种子需要两年才能发芽，发芽后又需要 10 多年才能具备传宗接代的条件，开始结种，当然只有母树才会有如灯笼般的种子。这些条件都限制了它在自然界的数量增长。雪上加霜的是，科学家们都知道它们的树皮含有效的抗癌物质紫杉醇，但提取率仅为十万分之几。也就是说，30 吨的干树皮才能提取 100 克左右的药物。被剥掉皮的大树很快就会死亡，人们为了自己的生命无节制地消耗它们来之不易的生命。

我和红豆杉的缘分要从 2013 年说起。那是一个春天，6 株南方红豆杉经过长途跋涉后，从原产地太行山南端的圃地里被运来。我和团队成员快速栽植后，立马搭架子挂起遮阴网，这可以防止阳光直射并在一定程度上防风。然而大自然却给了我们第一次考验，4 月下旬的晚上竟然下了一场大雪，次日早晨我起来，第一件事便是去看它们的状况。令人胆战心惊的是之前的架子倒塌了，令人欣慰的是它们没有受到任何伤害。随后，我们重新搭了更为牢固的架子继续防护。接下来我只要在单位，都会去看它们，及时让养护人员进行浇水、除草等工作。9 月，我发现其中一株竟结了两颗红色的种子，让人格外欢喜！我期待着明年会有更多的“红灯笼”挂在枝头。太原的冬季寒冷干燥，为了让它们安全越冬，我们在 11 月下旬给它们穿上了衣服。然而，我并不知道在“穿衣”前工人们还将密集的树冠进行了捆绑。2014 年春天，当我充满期待地脱掉它们的“外衣”时，顿时傻眼了，因为不少树叶出现了不同程度的霉烂。红豆杉喜欢通风的环境，这次防护不当造成的直接后果是 1 株凋亡，2 株的树冠明显缩减。这是一次惨痛的教训，我也因此获得了经验。令人欣慰的是 6 株中唯一的雌株还在，在我和同事们的精心管护下，它日渐强壮，如今每年都硕果累累。

通过近距离接触和长时间观察，我发现红豆杉的生命力本是顽强的，然而面对人们的滥砍滥伐，它们却显得脆弱、无助，树皮被剥掉后树干会呈红色，就像在流血一样。

如果能在了解红豆杉特性的情况下，用人工大量栽植的个体代替野生的资源，形成可持续发展、合理利用的正确渠道，那么就可以避免红豆杉出现灭顶之灾。

在朋友眼中，我是一个另类的人，不抽烟、不喝酒，也很少吃肉，喜欢吃菜，主要的兴趣就是植物。他们打趣说我可能投胎投错了地方，我应该在植物界。

野外考察是我工作中的一部分，因为我想摸清山西植物的家底。2014 年，我有机会去中条山腹地七十二混沟进行考察，但需要自己背负 40 斤左右的行囊（帐篷、3 天的干粮、单反相机）。100 斤瘦弱的身躯，背负行囊穿梭在林区，我行吗？出发前我有点犹豫，我还担心时间长了自己吃不消，会拖动物研究队友的后腿，但是大山里的未知诱惑着我，我下定决心出发了！不挑战都不知道自己那么牛！三天两夜，途中有步履维艰的时候，下沟、爬碎石坡，不小心还被蝎子草蜇到，多数时候需要四肢并用，碰到心仪的和从未见过的植物还要拍照、记录和采集标本……但我的穿越之行顺利完成了！我看到了珍稀植物木通马兜铃、碗口粗的南蛇藤和野葡萄藤蔓，还发现了一种山西植物新记录——细小景天。

在山区进行野外调查时，我会像“雷达”一样搜索目标物种，收集第一手资料，探明植物的原生环境，为引种时的环境营造提供参考资料。发现新记录，我欢喜；看到环境被破坏，我心痛；而被植物毒刺“欺负”时，我则牢牢地记着。总之，和植物打交道，简单、充实、快乐。

作为一名植物分类学博士，一名植物园工作者，一名园林工作者，使命感和责任感让我以实现家乡的生态梦作为自己的奋斗目标。我期望摸清山西植物的家底，挖掘可持续利用的乡土植物资源；通过交流合作，引进国内外新优植物来丰富园林；通过提高科研水平，来挖掘功能性植物，为人们服务；通过科普教育，提高人们对植物的认知水平，提高保护环境的意识和能力。

这就是我和我的植物王国的故事，这就是我的理想。最后，我想说：欢迎大家到我的植物王国来做客！

>> *嘉宾点评* 祝灵君

为了家乡的生态梦

一个时代有一个时代的使命，一个时代有一个时代的担当。作为一名植物学博士，一名园林工作者，任保青理想信念坚定、专业素质过硬，在平凡的岗位上展现了一名时代新人不平凡的能量。他为了家乡的生态梦，为了中国的生态梦，时刻用使命感和责任感激励自己。任尔艰难险阻，任尔风吹日晒，为目标不懈奋斗的心却从未改变！任保青守护着家乡的一草一木，守护着祖国的绿水青山，守护着我们对地球家园的爱。

时代新人——张苏霞

>> 人物小传

张苏霞

时代新人说 · 讲演录

- 女，出生于1963年10月。
- 中共党员，主任医师。太原市精神病医院普通精神科女科主任。
- 先后荣获“太原市三八红旗手”“太原市巾帼岗位能手”“山西省五一巾帼标兵”“时代新人优秀宣讲者”等荣誉称号。
- 为心理障碍者及精神病患者服务30余年无怨无悔，离不开精湛的技术、强大的内心、博大的胸怀。

来自“南十方”的声音

张苏霞

大家都听说过“南十方”吧？太原人耳熟能详的“南十方”有一种特殊的意味。形容一个人不正常，就会戏谑地说他刚从“南十方”跑出来。“南十方”本是一条街道的名称，因为精神病院坐落在此，久而久之便成了“太原市精神病医院”的代名词。

我就是这个医院的一名医生，担任普通精神科女科主任。我1988年毕业于山西医学院，服从分配来到这里。这里与自己想象的不一样，并不是那么阴森可怕，有的是各种各样的精神病患者的身影以及热情善良的医护人员。老师们甘为精神病患者服务一辈子的行为深深地感染着我，他们就是那个时代的时代新人。

记得在大学二年级的一次演讲中，我说：“我们要干，要干一番事业，干得轰轰烈烈，干得有声有色。”30年过去了，我的事业平凡却充满生机。为精神病患者再服务30年，我也无怨无悔。

精神病人——这个特殊的群体一直备受歧视。古时，他们常被认为是魔鬼将异端的邪种播在身上，故而被进行残酷的体罚治疗。直到19世纪，才有医生解开了病人身上的枷锁，以人道主义态度对待他们。尽管如此，精神病人仍然被认为是危险可怕的，社会公众远离他们。而为其服务的医护人员也常常受到不公平的待遇，很多精神病院的职工在被问起在哪里工作时，都不愿爽快地说出自己单位的名称，会含糊地说“在医院”——说出“南十方”似乎还需要不小的勇气。

精神病人穷，精神病院的职工待遇差，这是不争的事实。但这并没有影响我对工作的热爱。面对种种言行异常的病人，怀抱善心、播种爱、忍耐，是我多年的修炼。被打耳光、踢一脚、吐口水，对我们来说，那是家常便饭。记得有一个疯狂至极的躁狂病人，小于其 14 岁的男朋友因气愤捅了她 4 刀，在外科缝合后，她由十几个人协助送入我院。我收下了她，陪她入厕，照顾她吃饭，苦口婆心地规劝，给予她技术性治疗，而她的回话却是：“张苏霞，我要剁了你，我没病让我住院，我出去千刀万剐你！”全体医护人员极力与之周旋，可她那满口脏话及异常举动，让人难以用语言形容……

精神病人的治疗非同寻常，管理更具有特殊性。2002 年，我做了科主任后，为让病人感到安全温馨，除了药物治疗外，从 2006 年开始，我每周为患者及家属设立心理讲堂，传播精神卫生知识，延伸药物疗效。2003 年至今，我每周六出专家门诊，节假日、双休日都会深入病房，经常为处理疑难杂症、抢救危重病人而忙得昼夜不分，为此，前来探视的家属被深深地感动了，他们请来记者报道我的事迹，说：“你才是这个时代的新人。”

为精神病患者服务一辈子，是我不变的选择。干这一行只有热爱才能坚持。其实每一位患者都是一本书，都有一段惨痛的经历和辛酸的人生。他们遭受过偏见和歧视，但他们依然是一个个鲜活的生命，在这里理应得到尊重、温暖和真情。只有不竭的爱才能照亮受苦的心灵。有时是治愈，常常是帮助，总是去安慰——这是医者的使命。每当我看到病人痊愈出院，内心就会无比喜悦。

有社会学家指出，评价一个社会文明与否非常重要的一点就是看其对精神病人的态度，因为精神病患者是社会弱势群体的代表。如何探索一条适合我国文化和国情的道路，给精神病患者一个良好宽松的社会环境，以促进其精神心理的康复，是摆在业内每一位精神科医生面前的紧迫课题。希望我们都能为了让精神病患者昂起头不受歧视地与我们共享同一片蓝天而努力奋斗！

我是一名精神科医生，我有担当、能奉献，正在为精神卫生事业而奋斗——我骄傲！

>>嘉宾点评

祝灵君

担负医者使命

“南十方”里有精神，“南十方”里有担当。面对精神病患者这样一个特殊群体，张苏霞抛开他人偏见，立足本职工作，以精湛的医术、高尚的医德、人格的魅力，帮助并治愈一颗颗受伤的心灵，为我国的医疗事业奉献力量。英雄不问出处，坚持铸就永恒。张苏霞以坚定不移的意志和信念奋勇前进，真正担负起医者的使命，谱写出动人的时代篇章！

时代新人——张小龙

>> 人物小传

张小龙

时代新人说 · 讲演录

- 男，出生于1979年6月。
- 太原十五中数学高级教师，太原市第十一届代表大会党代表。
- 曾获山西省优秀班主任、山西省骨干教师、“三晋英才”计划青年优秀人才，太原市首届十佳百优教师、高水平骨干教师、太原市教育系统年度德育人物、太原市优秀党员、太原市“时代新人”等荣誉称号。
- 对于教师这份职业，他要么不做，要做就努力做到最好。

幸福的追梦人

张小龙

出身教育世家的我自小见惯了教师职业的艰辛与清贫，曾暗下决心要远离讲台。可当 19 年前我第一次踏上讲台，面对那一张张朝气蓬勃的面庞，那一双双无比澄澈的眼眸时，我被深深震撼了。就在那一刻，我明白了为什么这三尺讲台能让父亲眷恋一生，能让一生铮铮铁骨的他在退休之日洒下热泪……

从教 19 年，年年班主任。我坚持不收班费，不收孩子们的资料费，班里所有的开支都由我一人承担。春天，我带孩子们去郊游；冬天，我给孩子们熬粥；节假日，我给孩子们免费补课；每天我都陪孩子们自习到晚上 10 点多才离校回家。就是这一陪啊，19 年！我从当年的英姿勃发到如今的两鬓斑白。

我告诉孩子们：付出不是一种负担，人与人的相处，就应该是真诚的。我跟孩子们说：丛飞是我一生的偶像。19 年来，我存折上的钱没有超过 10000 元，最狼狈的时候，只有不到 400 元钱。我希望用行动告诉孩子们奋斗的意义和奉献的幸福！我希望培养出有理想、有担当、懂感恩、愿奉献的国之栋梁！

2009 年，学校领导破格提拔我为政教主任。政教处的工作繁重琐碎，而同时我还兼任着 3 个毕业班的教学任务和 1 个班的班主任。

生性要强的我，希望把每项工作都做到最好，平均每天的睡眠时间只有 4 小时，身体极度疲惫。我深深记得那节数学课：上课时，趁着电动黑板运转的间隙，我竟斜倚着黑板沉沉睡去。当下课铃声把我从梦中惊醒，我才发现孩子们脸上挂着泪水，正默默地看着我。善良的孩子们竟然不忍心叫醒我，他们静静地坐了半节课。那一刻，我泪流满面。

后来，我辞去政教主任一职。许多同事不理解，校领导也反复劝说我继续担任这一职务。但我知道：这一生，我注定不能离开孩子们，三尺讲台，才是我的价值所在。

都说现在的高中生是典型的“自我一代”，处处以自我为中心，我也曾经这样认为。可是现在，我却不这样认为。我知道，这一代人需要的是：用理想点燃理想，用信仰召唤信仰！

2014 年 3 月底的一个周六，我和孩子们结伴郊游，在参观黄坡的解放太原纪念馆时，当听说黄坡的烈士陵园埋葬了 400 多位解放太原时牺牲的无名烈士，许多烈士牺牲时只有十八九岁时，孩子们陷入了深深的沉默。他们自发地走进陵园，用自己带的矿泉水、纸巾、手绢反复地擦拭那一座座无言的墓碑，那专注温暖的神情让我泪湿眼眶。在烈士纪念碑前，孩子们郑重宣誓：不忘历史，珍惜今天。努力学习，用满腔热情爱我们的国，爱我们的家！

今年 5 月中旬的一天，十五中高三高考体检。体检结束，我带孩子们走进医院对面的影院，一起观看了《老师·好》这部影片。原本是拍给“70 后”和“80 后”的影片却深深打动了这些“00 后”

的孩子们。影片结束后，当片尾曲《谁》响起之时，没有一个人起身离场，大家都默默地擦拭着腮边的泪水，沉浸在那一帧一帧令人动容的画面之中。最后一个音符落下，孩子们才悄悄地鱼贯而出。许多孩子在门口和我紧紧拥抱，在我耳边轻轻说："老师好，龙哥好！"还有许多孩子自觉地捡拾着影厅里的垃圾。打扫卫生的阿姨和大叔感动地擦拭着眼角，感慨地说："这些孩子真好。"晚上，一群不愿回家的孩子和我坐在街角的烧烤店，我们一起探讨理想，探讨即将到来的高考和志愿。一个身量瘦小的孩子居然和我聊起了华为和中兴，聊起了国产芯片行业的困顿和窘迫，他说想学习微电子专业集成电路方向的专业。我被深深地震撼了，我鼓励他们报考名校，学习自己喜欢的专业并坚持下去，学习对国家和社会有用的专业，过充实有意义的一生！还有几个孩子想当老师，我很惊诧也很欣慰，引用影片中的一句台词送给孩子们：士不可不弘毅，任重道远。去当个老师吧，去当个好老师。初夏的夜晚，徐徐的清风扑面而来，一群 18 岁的少年畅谈理想和人生，那个场景极动人。那天晚上，我坚信，他们就是并州古城里最明亮的一群少年！

我知道，不是每个人都有机会做这样有意义的工作，不是每个人都能坚持自己的理想。我庆幸，我拥有这样一份工作；我骄傲，我坚持了最初的理想。我对孩子们说：别悲观，生活处处有美好，我们要努力感知和享受爱的味道。我们要做出淤泥而不染的莲花，用自己的言行感染周围的人。这样，社会就一定会变得更美好。我知道，我从事的是一项多么有意义的工作，我愿意为此奋斗一生，做一个甘于清贫与寂寞的苦行僧，一块踏踏实实、微小却坚强的铺路石，做一个像丛飞那样平凡却能发光的人！

加油！我的孩子们！

加油！所有心怀理想、努力前行的追梦人！

加油！所有身处平凡岗位却默默耕耘的人！

>> 嘉宾点评 徐 川

什么是教育

什么是教育？教育的意义究竟在哪里？什么样的教师才是好的教师？透过演讲者19年教师生涯的经历，我们或许能找到答案：教育，是让学生掌握知识、增强本领，是让学生锤炼品德、追求至善，是让学生胸怀大爱、奋斗不息，是让学生感到温暖、充满阳光。在演讲者满怀深情的自白中，一位无私奉献、忠于教育、热爱学生、有情有义的教师形象呈现在我们面前。是的，真正的教师从来不要求回报，但学生会以毕生之力报之以歌。

时代新人——王名乐

>> 人物小传

王名乐

时代新人说 · 讲演录

- 男，出生于 1992 年 4 月。
- 国家级非物质文化遗产太原莲花落代表性传承人。
- 入选“三晋英才”支持计划青年优秀人才，获太原市“时代新人”称号。
- 多年来致力于太原莲花落的传承、保护、发展，希望让太原地区的这一曲艺形式——太原人的好声音，大放异彩，薪火相传。

当莲花落遇上“90后”

王名乐

（视频一 曹强老师《卖花生》）

刚才大屏幕播放的这段是国家级非物质文化遗产、太原人的好声音——太原莲花落。表演的老者是我的恩师，这门艺术的创始人曹强先生，我现在是这门艺术的代表性传承人。您也许会问，我为什么选择这一行？——非物质文化遗产的传承几乎都是小众的。这得从我和师父的结缘说起。

打小，家人都说我是属麻雀的，从早到晚嘴不闲着。因为喜欢说，小时候我对曲艺就特别感兴趣，从父亲口中得知了太原莲花落。抱着好奇的心态，我买了很多曹强先生说莲花落的VCD，真是越看越喜欢。我不仅跟着学，还跟着练，如痴如醉。2008年，在朋友的引荐下，我有幸登门拜访了曹强先生，初会时的激动直到今日仍历历在目。得知曹强先生已至古稀之年，却后继乏人，我便问先生：“这是为什么？”先生答：“没‘qián’途。这个‘qián’是带双引号的。”原来，这个“qián”所指代的意思，一是花钱的“钱”，二是前途的“前”。当时，我只有15岁，并不能真正体会这两个“qián”的意思，所以，在先生说完后，便斩钉截铁地答道：“我要学。”之后，我每周去先生家两次。在狭小的房间里，先生一招一式、一字一句，毫无保留地传授我太原莲花落。回想那段时光，我感到无比珍贵和幸福。

时光如白驹过隙，转瞬即逝。转眼大学毕业，我来到了现实和梦想的交汇处。为了生活，我开了婚庆公司，一年之间先后开了四五家分店。忙碌的日子、日益增长的存款，让人感到小有成就，但静下来时，我的心却总觉得空荡荡的。无意中打开手机，翻到和先生的合影才想起来，已经有半年多没见先生了。第二天，我赶紧去了先生家，本以为要挨骂，可先生还是那般沉稳。寒暄之后，我们都有些尴尬，就在我觉得不好意思，准备起身告辞时，先生突然开口了：“如果莲花落能有人传承，我死也瞑目了。”这突如其来的一句话让我不知所措。抬头看先生，发现先生掉泪了。这滴泪像箭一样，瞬间刺穿了我的胸口，当年的信誓旦旦如潮水般涌入胸膛，我突然明白自己为什么钱越来越多却依然不快乐的原因。那一刻，我没有多想，立刻说：“先生，买卖我关了，莲花落我继承！”大家可能觉得，这个决定有些草率，但我的确是这么想的。虽然家人极力反对，但最终我还是关掉了婚庆公司，开始了真正的拜师学艺。

2013 年 11 月 26 日，我和其他 8 位师兄正式拜入曹强先生门内，对恩师的祝福和誓言交织在一起，我们弟子 9 人喊一声：“师父师娘健健康康！”又喊：“师父师娘硬硬朗朗！”再喊：“师父师娘，莲花落由我们继承弘扬！”从那天起，我们的肩上便多了一份使命和责任。眼看一切都在朝好的方向发展，可事与愿违，2014 年 2 月 25 日，在收徒过后仅仅 92 天，恩师走了。突如其来的打击让我不知所措，接下来的路应该如何走？我能承担起这份重担吗？犹豫、踌躇……日子似乎又回到了从前。在混沌中，我去看望师娘。走进师父的书房，看到他的照片，曾经的点滴又浮现在眼前，我“扑通”一声跪在遗像前，泪流满面。我说：“师父，您走了莲花落怎么办？我怎么办？担子太沉，我担不起啊！” 师父的面容依旧慈祥，仿佛在说：“孩子，我相信你，你一定能行！”我想起了拜师诺言。这份使命，我应当承担；这门艺术，不能失传！就这样，大家才看到了今天站在大家面前的我。

能不能将这门艺术传承下去，我不敢说；但我敢说的是，在这一代，我要让莲花落重新盛开。

食品街的戆曲社，您去过吗？这里天天晚上都有莲花落演出，不少观众不但成了固定粉丝，还带去了新观众。

新道街小学的莲花落班，您了解吗？在这里，越来越多的孩子喜欢上了莲花落，而我在这个讲台已一站 7 年。

莲花落的历史，您追溯过吗？老师 60 年来创作的莲花落作品已由我们师兄弟集结成书。

今年 9 月，当得知自己被确立为莲花落传承人后，我惶恐至极又十分自豪。我的生命将与莲花落紧密联系在一起。最后，我想说，郭德纲的德云社能火，王名乐的戆曲社也一样能火！

下面，我就给大家表演一段以前在拜师仪式上唱的莲花落，结束今天的讲演。

（现场表演）

>>嘉宾点评

张 坤

“qián”途

一是花钱的“qián”途，二是前途的“qián”途。

这是人生的选择题。

为了让近乎失传的莲花落盛开，宁愿放弃花钱的“qián”途，而选择大有前途的“qián”途。

放弃的是贪图安逸、急功近利的小我，选择的是艰苦奋斗、贡献社会的大我。

选择即价值。

只有成就大我，才能成就小我；只有传承好非物质文化遗产，才能不辜负恩师的谆谆教诲。

这位年轻人选择的，正是有意义、有价值的人生之路。

时代新人——常一民

>> 人物小传

常一民

•• 男，出生于1960年。

•• “九三学社”社员、山西省九三教育文化委员会副主任、太原市文物考古研究所副所长。

•• 多次被评为太原市优秀专家。

•• 当选山西省“三晋英才”拔尖骨干人才；主持太原多项重要考古发掘，发现北齐徐显秀墓等，获“十大考古新发现奖”。

•• 撰写论文、论著计100余万字，多篇（部）论文、论著获奖。

•• 守护文化遗存是他的追求，探究历史规律是他的期望。

往事知多少

常一民

站在这个舞台上，我的心有点忐忑，远不如站在古墓里坦然。

我来自太原市文物局，是考古战线的一名老兵。

时常有人问我，你们考古人员究竟是干什么的？就像《鬼吹灯》里描写的那样吗？是挖墓还是拿个毛刷这里刷刷那里刷刷？我也想问在座的各位，在你们眼中，考古工作到底是怎么回事？

我是谁？我的祖先是谁？我们从哪里来？人类的天性中，都有一颗好奇心，都有寻幽探古的内心冲动。德国人海因里希因此变卖公司，通过考古发现了特洛伊古城，让一个传说故事变成了活生生的历史真实。好奇心是人类发展的源泉。所以，炎炎烈日也好，凛冽寒风也罢，一听到哪里有新发现，我们立马冲到现场。面对遗迹遗物，我们思考的问题是：这是秦朝的还是汉代的？是，为什么是？不是，又为什么不是？古人留下的难题，让我们废寝忘食。这就是考古工作，这也正是考古工作的魅力所在。

在考古工作中，还有人问我，你钻进古墓怕不怕？我不知道怎样回答。有很多次，我梦到在晋阳古城遗址挖到了一块石碑，碑上刻画着唐代晋阳城的规划图。西安就因发现了这样一块石碑，后人因此知晓了唐代长安城的布局状况。我多么希望在晋阳城也能发现这样一块石碑呀。还有很多次，我梦见自己发现了一处大墓，墓中各种文物琳琅满目，硕大的碑志就矗立在墓中，那种欣喜和激动真是无以言表！哪里还有一丝丝害怕在心里！

考古呀，就是这般让我魂牵梦绕！

讲一讲徐显秀墓梦幻一般的发现吧。

2000年冬季的一个星期日，王家峰古墓被盗，我们赶到现场，看到古墓边有一个竖直盗洞，盗洞底部又有一处斜洞，黑乎乎的不知有多深。怎么办？下吧！我没有一丝害怕。我们在做野外调查时，时常会碰到盗洞，当然有危险，一是怕缺氧，那就点个火把；二是怕有蛇，那就打草惊蛇。这个盗洞看起来是新挖的，危险并不大。我顺着一根绳子下到洞底，爬进窄窄的斜洞，一会儿，我看到砖壁上有一个人头大小的洞口。我将手电筒伸进去，只见里面色彩斑斓，鲜艳如新。我仿佛进入一个新画好的墓室，又仿佛徜徉于古代画廊，真如同做梦一样。我赶紧平复一下激动的心，把头挤进洞口，仔细观察。不巧，手电筒出现故障，村民送下来一个。不一会儿，手电筒又出故障，真是好事多磨。于是村里很快传开，说墓里透着鬼气，考古队员的手电筒一进去就灭……徐显秀墓就这样被发现了。徐显秀墓之所以重要，是因为在南北朝时期，中国处于大交融、大变革的状态。就绘画风格而言，有所谓“曹衣出水”之说，而创作“曹衣出水”的曹仲达就是北齐西域人。北朝绘画之传世作品寥寥无几，而徐显秀墓室里那300平方米的珍贵壁画，明显带有西域画风。徐显秀墓出土的蓝宝石金戒指，就是大夏——也就是今天的阿富汗生产的。海纳百川，多元一体。由此我们可以看出，华夏文明就是在这种大交流、大变革中形成的。徐显秀墓因此被评为当年“全国十大考古发现”，我个人也获得领队奖。

当然，在考古工作中得到的也不全都是快乐与荣誉，也有遗憾。

2007 年，全国文物普查，太原市的前期遗址调查不理想，文物局希望我组队调查。当时由于父亲患胃癌进行了手术，需要照顾，因此我向领导请辞。领导说，没有你这个专家，找不到遗址呀！于是我便带队调查并取得突出成绩，受到上级表彰。然而，我却没能及时照顾父亲，这成为我心中永远的痛。

一天夜里，我梦见父亲病愈，醒来后，不禁浮想联翩：想着清徐有尧城、尧庙，如再能发现一座尧时期的古城，我们就可以理直气壮地说，太原有 4700 年的建城史；想着离开老家时父亲说，我没事儿，你放心走吧，公家事要紧；想着父母对儿女的关心真是春蚕到死，蜡炬成灰……写下了一首《江城子》，下阕云：

昨夜一梦到故乡，喜安康，耕作忙。千里遥祝，倚枕泪两行。待得了却公家事，奉汤药，尝热凉。

如今父亲离世快 10 年了，我还是常常梦见父亲生病，我在殷勤地照护他。唉，阴阳两隔，也只能在梦里相见了！好在 86 岁的老母亲身体安好，回到家，还能叫一声“妈”，也是人生一大幸事。这就是人生，我无怨无悔！

>>嘉宾点评

曲建武

在时光隧道中探寻

考古战线的老兵常一民，用洒脱诙谐的语言，向我们展现了一个穿梭于古墓遗址、醉心于寻幽探古、徜徉于古风遗韵的神秘职业的无穷魅力。面对考古工作中常人无法想象的恐惧、危险、艰难，常一民谈笑风生、洒脱豪迈；面对历史陈迹中一切看似毫无生命力的洞窟古墓，常一民充满激情，视如珍宝。带着对华夏历史的由衷敬畏和对人类文明的无限热爱，常一民走在从历史到现代再到未来的时光隧道中，探寻着现实中的中国梦和世界梦。

时代新人——赵　燕

>> *人物小传*

赵 燕

时代新人说 · 讲演录

- 女，出生于1986年11月。
- 中共预备党员，现担任杏花岭区巨轮街道富力华庭社区副主任。
- 多次荣获“优秀经理”等称号。
- 荣登太原市“时代新人榜”，被评为“社区时代新人”。
- 她像一枚钉子，钉在基层，服务别人，快乐自己，用行动诠释了“80后”的担当。

不一样的奋斗，不一样的幸福

赵　燕

大家好，我是赵燕。首先，和大家探讨几个问题：

如果，你的爱人有一天回家告诉你：“我要辞职，放弃现在的高薪工作，去做一份极其平凡、极其琐碎并且收入不高的工作。”你怎么办？

如果，因为这份工作，还会遭到不理解甚至谩骂，你怎么办？

如果，有一项事业，因为你的努力，可以让身边的人渐渐获得更多的幸福感，你怎么办？

是的，曾经的我，也面临过这样的困惑。过去，我是一家大型房企物业公司的经理，月薪过万，管理着 100 多名员工，而现在，我是一名基层的社区干部，月薪不到 3000 元，只有几名工作人员。服务的对象也大多数是小区的大爷大妈。很多人对于我的这种职业转变感到不理解，至今还有人问我为什么。要回答这个问题，还得从一本相册说起。

那是 2016 年的秋天，当时我还是物业经理，在走访业主之时，看到一位老大爷独自在小区的长廊里坐着马扎，看着手里的一本相册发呆。出于好奇，我走上前去，原来老人是在用这种方式来化解他的思念之情啊。一位老人无依无靠地生活在这座城市里，陪伴、支撑他的竟然只有一本夹着亲人照片的相册。我的心酸酸的。我问自己，我能为他做些什么呢？此后，我一有时间就找他聊天。时间久了，我发现老大爷的笑容多了，也不自言自语了，一见我就“闺女，闺女”地叫，我打心眼儿里感到高兴。于是我想自己去社区工作，是不是更适合？但这个想法刚刚冒头，迎接它的便是一场狂风暴雨。因为我刚一提，父母立刻说：“你疯了吧，放着好日子不过，没事儿找事儿？”朋友则说：“你是不是发烧了？去干那些婆婆妈妈的事？”连平时最支持我的爱人，都斩钉截铁地说：“打住！我宁肯你回家休息，也不会让你去社区工作。”

后来，有一次我和姥姥谈起了张大爷，姥姥说，人老了，就希望身边有个人能说说话。我想，我是不是可以做那个和老人家聊聊天、说说话的人呢？像张大爷这样的老人在我们身边绝不止一个，而要帮助这些老人，做社区工作不就是最合适的吗？我要遵从内心的选择，做自己想做的事！家人的工作做不通可以慢慢做，老人们的需要等不得。于是，我果断辞掉了物业经理的职位，投身到社区工作中来。其实做社区工作，远远不像我开始想的那样简单。千头万绪的工作，不是一句话能讲完的。但功夫不负有心人，经过我一年多持续不懈的努力，很多居民都来积极参加我组织的各项活动了，而我觉得自己身上的担子更重了。正当我思考着如何让辖区的居民吃上放心的优质蔬菜时，在“时代新人说”的宣讲活动中，我认识了咱们的“土豆书记”李玲义。在交流的过程中，我了解到李书记的土豆是娄烦县双井村脱贫攻坚的农业项目，无污染、无化肥，属于绿色生态蔬菜，我就希望我们的居民也能吃上这样的土豆，于是，我和李书记进行沟通，决定联手助力脱贫攻坚。当我把这个好消息告诉大家时，社区群里沸腾了。看到我发的“土豆书记”拿着烤土豆的照片，大家都找回了儿时的记忆，热火朝天地谈论着。第二天，小区里的很多居民自发成立了“爱心土豆志愿服务队”。随即，志愿者召开了会议，每座楼院都选出负责人，成立了工作小组。从前期的宣传、登记、预订到后期的接货、分发，以及对特殊人群的送货上门等，对于这一切，大家都进行了周密细致的安排。活动发布仅仅 5 天，预订数量就超过 600 多袋，30000 多斤土豆。大家的热情甚至感染了周边社区的居民，他们也加入了我们的购买行列。后来，我们还把娄烦的小杂粮、胡麻油等这些原生态石磨加工的放心农产品引入社区。瞧，这助力脱贫攻坚的行动就发生在我们的生活里！社区里可亲可爱的志愿者叔叔、阿姨们，用实际行动诠释了爱、奉献、担当。他们虽然来自不同的行业、不同的岗位，但也是时代新人。那一刻，我明白了“从群众中来，到群众中去”这句话的真正含义。他们的一言一行影响着辖区的百姓，我不是一个人在奋斗！就这样，志愿者服务队的人员越来越多，大家拧成一股绳，心往一处想，劲往一处使。我的困难少了，办法多了！当我给大家解决了实际问题、他们握着我的手不放时，我心中充满了被需要的幸福感。

做社区工作一年半了，到现在还有人问：“你在物业公司从一名基层客服做到经理，你到了社区也是由一名普通的社区委员做到社区主任——两者都是在努力奋斗，为什么一定要选择社区呢？”

我的答案是：幸福感不同！之前，当物业经理，更多的是给我的小家庭带来幸福；现在，我是让小区里的每一个家庭都幸福！

当个人的理想追求与人民的和谐安康紧密结合时，更要以崭新的姿态担当干事，与时代同行，与梦想同在。这就是我—— 一个社区工作者真实的体会和真诚的心声。

>>嘉宾点评

詹国枢

寻找自己需要的幸福

赵燕的故事，乍听有些不好理解，放着好好的物业经理不当，月薪上万的待遇不要，却去做月收入不到3000元的社区工作者，这是为什么？人的一切行动，都有各自的理由，但说到底，其终极目的都是为了追求自己的幸福。赵燕恰恰是在为社区百姓的服务中，感受到了自己实实在在的价值，因而，也找到了自己实实在在的幸福。被别人需要，就是幸福。从赵燕身上，我们明白了这个朴素的道理。

时代新人——李　鹏

>> 人物小传

李　鹏

时代新人说·讲演录

•• 男，出生于 1991 年 1 月。

•• 清徐县乡公交客运有限公司公交车驾驶员。

•• 被公司评为“服务标兵”，荣获太原市“时代新人宣讲者”称号，第二届全国青年运动会火炬手。

•• 用自己的行动感化每位乘客，让公交车这个流动的文明窗口更加明亮、有爱！

流动有爱的家

李 鹏

各位朋友，大家好，我叫李鹏，是清徐公交公司2路公交车的驾驶员。作为一名公交车驾驶员，工作虽然平凡且辛苦，但经过两年的磨炼，我已经深深爱上了这份工作。在平凡的工作中，我一直用一句话来激励自己：“用力去做只能称职，用心去做才能达到优秀！”两年来，我用真诚和爱心对待每一位乘客，以微笑、关爱拉近与乘客的距离，把车厢营造得如家一般温暖，让爱充满车厢的每一个角落，把文明和谐之风播撒到每一条大街小巷。

我开的2路公交车是从县城到王答乡郝村的唯一一趟车。单程30多公里，途经将近20个村庄，每天4个班次，运营间隔时间2个多小时。我的乘客中有一位赵大哥，身体一直不怎么好，但因为家庭比较困难，一直硬扛着，直到病重才到医院检查，结果已经由糖尿病转为尿毒症了。他需要每周3次到县医院透析治疗。我了解了赵大哥的情况之后，每次只要赵大哥坐我的车去医院，返回的时候我总要特别关照一下他，因为如果误了这趟末班车，赵大哥就得自己想办法回家。就这样，末班车发车前我总会提前打电话告诉赵大哥，保证赵大哥可以坐上车，如果到了县医院赵大哥还没有出来，我就会稍微停两分钟，尽量等赵大哥出来。这时，车内会出现不满、抱怨的声音，如“公交车不准时发车”“耽误了乘客的宝贵时间”等，我便会耐心解释，希望乘客理解。现在，抱怨声早就没有了，相反，我听到的都是赞扬之声，诸如：好人、善良、负责、后生不赖……夸得我心里暖暖的，同时，我也更加坚定了为乘客服务的决心！

2路公交车线路长，途经站点多，我就琢磨：现在是网络时代，微信沟通那么方便，为何不建个乘客乘车微信群呢？于是，微信群“2路公交大家庭”诞生了。现在，这个群已发展到250多人，2路车的乘客基本都在群里。我常常通过微信群及时发布2路公交车当天的运营信息，方便大家乘车。乘客落在车上的手机、书包、钱包等，我一旦发现，便立刻通过微信群第一时间联系乘客，寻找失主。平时，车上都会放几把雨伞，方便出门没带雨具的乘客使用。每次有乘客向我打听其他公交车的时间、路线等，我都会耐心仔细地给他们讲清楚。2018年，在城内公交实施免费乘车的初期，我为乘客热情地宣传这项惠民政策，乘客称我是“政府为民办事的宣传员”。我把公交驾驶员这份工作当成事业来做，始终遵循一个原则：勿以恶小而为之，勿以善小而不为。每次把乘客安全地送到目的地，我的心里都特别踏实！

公交车是城市的流动“窗口”，更是一个有爱的家。这个窗口虽小，却能让人结识不同的朋友。给老人一个微笑，道一声“你好”，他会感动你对他的关心；给同龄人一个微笑，道一声“你好”，他会感到兄弟姐妹般的温暖；给伤残人一个微笑，道一声“你好”，他会感到社会的关爱和生活的希望；给不理解我们工作的乘客一个微笑，一句耐心的解释，他会被你的职业精神感动。在两年多的工作中，我结识了许多有趣有情有爱的人。2018 年春节期间，清徐首次实行公交车免费乘坐惠民活动，所有的司机和工作人员全部坚守岗位，大年初一中午，热心的李大姐给我送来了刚煮好的热腾腾的饺子，一个小姑娘给我送来了可口的小菜、熟肉——这是我吃过的最特别、最可口的新年餐！

在工作中，我始终保持“奋发有为”的精神，面对改革发展的新任务、新挑战，坚持改革不停顿，创新不止步，学习无止境，努力做好公交服务工作，坚持做好“四个字”，“早、扫、稳、热”——早上岗、打扫好车、稳当开车、热心对待乘客。我希望通过自己的努力改变车内的环境，用自己的行动服务每一位乘客。车内的小环境文明了，社会上的大环境就会更加文明。人人为我，我为人人，我会再接再厉，让公交车这个流动的文明窗口更加明亮！让这个流动的家更加有爱！

>>嘉宾点评

曲建武

平凡的感动

年轻的公交司机李鹏，在一方流动的公交小家，日复一日地上演着不同的大爱故事。单程30多公里、途经20个村庄，每天4个班次，这些看似乏味的往返、枯燥的重复，却成为李鹏播撒爱心、分享快乐的舞台。在经历了误解、战胜了纠结、获得了认同、收获了友情之后，平凡的生命愈显人性的光辉。九层之台，起于累土。要把这个蓝图变为现实，必须不驰于空想、不骛于虚声，一步一个脚印，踏踏实实干好工作。在这一方小小的流动之家，李鹏勤勤恳恳地践行着平凡中的伟大，实现着奋斗的价值。

时代新人说 · 讲演录

自信

ZIXIN

热爱
自信
担当
创新
专业
坚韧
……

时代新人——赵　旭

>>人物小传

赵 旭

- 女，“80后”高中语文教师。
- 她创办的个人教育公众号“语文可以这样学”，受到近百万粉丝的热捧。
- 担任语文报社全国征文大赛评委及金牌作文指导教师。
- 先后获得“三晋英才”、优秀援疆工作者、太原市“时代新人”“向上向善好青年”“担当作为突出干部”、优秀班主任、思政课优秀教师等荣誉称号。
- 每个人体内都有一枚文化基因，她愿意成为这枚基因的唤醒人。

文化基因唤醒人

赵　旭

我是一名高中语文老师，教书15年了。所带的学生当中虽不敢说桃李天下，也算是学霸辈出。这帮学霸，不仅有知识，而且有文化！

说到文化，作为他们的语文老师，我也有过困惑。那是几年前，我在市里的一堂公开课上讲“诗经文化”，我引领着学生进入了那个“风雅颂，赋比兴”的无比灿烂浪漫的诗歌世界。课后，一位听课老师来找我交流：“赵老师，您讲得真精彩，可高考会考这个吗？咱们究竟该不该给学生讲高考不考的内容？”他这一问，几乎问出了所有老师的心声。那么好，我来回答：我所讲的“诗经文化”是之前高考从未考过的。但是，我要讲，因为这是能够影响人一生的文化知识，虽然不是考试重点，却是人生成长的华章。

现在，在一些课堂上，我们很难见到“文化”的影子。老师每天乐此不疲，只做一件事情，就是研究各种考试技巧，然后将这些技巧变成一个又一个的“套路”。满腹“套路”的老师，将学生教成了千人一面，将文章教成了千篇一律。在他们的“设计”下，学生所写的文章，乍一看，哎哟！一闪一闪亮晶晶，仔细瞧，满篇都是假惺惺！你对我“虚情”，我对你“假意”，这哪里是在做教育？这分明是在互相伤害啊！如果教育忘记了初心，那么孩子丢掉的将是自己！

他们不知道如何表达自己心底的波澜，不知道自己将要成为这个国家新时代的主人，不知道这个国家新时代的蓝图多么迷人，更不知道要描绘这份蓝图需要怎样的核心素养……只知道低头学习别人教给他的考试重点，却不了解知识背后的文化。他们生怕自己输在起跑线上，却一个接一个地倒在终点线前，这不是我们要的教育！真正的教育，带给人的不仅仅是知识，还有诗和远方，还有发现美的眼睛，向往美的心灵和创造美的双手。如果你是一位能将学生带到这样高度的老师，你的教育就是这个时代所呼唤的。

2017年10月18日，习近平总书记在党的十九大报告中，43次提到教育，79次提到文化。这是时代的呼声啊！习近平总书记曾经深情地讲道：没有高度的文化自信，就没有中华民族的伟大复兴！

正在逐步推进的高考改革已经在处处体现民族文化的闪光点，我以2017年全国高考语文试卷为例，在已有的“诗歌鉴赏”分值保持不变的基础上，居然在60分的作文要求里这样写道：

天行健，君子以自强不息

露从今夜白，月是故乡明

何须浅碧深红色，自是花中第一流

数风流人物，还看今朝

……

请从以上名言中选择两到三句你特别喜欢的，谈一谈感受。

朋友们，看到了吗？高考语文改革，从诗歌文化开始了。紧随其后，央视推出了一系列优秀的诗词文化类节目，正所谓“好雨知时节，当春乃发生”，我们迎来了一个文化的春天，一个文化高度自信的新时代！今后当我再讲“诗经文化”的时候，如果还有人问：高考会考吗？我会告诉他：这个可以考，这个一定考，这个何止考！它将成为你身体不可或缺的一枚文化基因，并伴随你终身。

而我，正是这枚基因的唤醒人。

中国国际航空公司，机长，乔卓，我的学生。当他第一次驾驶飞机，直冲云霄的那一刻，兴奋地告诉我：“赵老师，当时我的脑海里只有您教过的一句话‘不畏浮云遮望眼，只缘身在最高层’！”

美国威斯康辛大学，博士，黄城斌，我的学生。大洋彼岸的他，调皮地告诉我：赵老师，我正给这帮老外同事讲《论语》呢！让他们懂得：“有朋自远方来，不亦乐乎？”

连续几次高三模考成绩都不太理想的王婷，我的学生。我担心她情绪低落，她却笑着安慰我：“老师放心，‘莫听穿林打叶声，何妨吟啸且徐行’。”现在她是中国渤海银行高级客户经理。

15 年来，我的学生遍布大江南北，但他们都喜欢跟赵老师晒幸福，那幸福的闪电告诉我的，我将告诉每一个人：只有享受过文化的教育，你的人生才真的可以一闪一闪亮晶晶！

3 年前，我创办了教育公众号“语文可以这样学”。现在，我每上一堂课都有成千上万的人在线上聆听，我就是要借助大语文的魅力，将祖国文化的火炬传递给更多的学生，让孩子们在中华民族灿烂的文化熏陶下茁壮成长，一代一代接力跑！

今天，我站在这里回首过去，不论是之前的援疆支教，送汉文化到那遥远的地方去；还是带领我的学生参加国际志愿者保护世界文化遗产的活动；再或者仅仅是做山西省博物院一名普通的文化讲解员，我都在为文化的传承与普及出一份力。

是的，在这样的时代，我做着这样的教育：我甘之如饴，我踏实无比，我寂静欢喜。

>> 嘉宾点评 詹国枢

这位老师，肯定要红

赵旭老师的演讲让我感慨良多：这位老师，肯定要红！因为，在赵老师的演讲中，人们读出了“四有”：其一，有创新。跳出教材讲文化，离开高考学语文，教学之新也。其二，有胸怀。以中华文化哺育中华儿女，像父母长辈般关爱学生，博大胸怀也。其三，有底蕴。引经据典随口来，前朝后代信手拈，深厚底蕴也。其四，有情趣。嬉笑怒骂皆成文章，开口闭口都是故事，幽默风趣也。赵老师走红，是时代使然。小荷才露尖尖角，还有好戏在后头！愿太原这位赵老师，带出全国一批赵老师，则学生幸甚，教育幸甚，民族幸甚！

时代新人——高思恩

>> 人物小传

高思恩

时代新人说 · 讲演录

- 女，出生于1994年7月。
- 中共党员，山西大学政治与公共管理学院研究生。
- 国家二级运动员，荣获山西省残疾人运动会短跑金牌，全国残疾人田径锦标赛银牌、铜牌，在全国残运会上也多次取得好名次。
- 荣获全国大学生“自强之星”提名奖，全国残疾大学生励志提名奖。
- 一项项荣誉伴随成长纷至沓来。她是在磨难中长大的傲雪红梅。

奔跑吧，青春

高思恩

大家一定很好奇，为什么我会提着一个纸箱子登台？纸箱子在生活中的用处有很多，它可以是包装箱，也可以是收纳盒。但这个纸箱子对于我来说却不那么简单。它是我生命诞生之初的摇篮，是我年幼谋生的手段，是盛放爱与感恩的百宝箱。

那是 1994 年 7 月一天的早晨，太原的天空阴沉沉的，火车站附近的一个小院中传出了婴儿的啼哭声，人们闻声而来，聚拢在一个纸箱边，仔细察看，发现纸箱中的婴儿左臂有残疾。在一阵阵怜惜声中，只有一位年已六旬的老人伸出温暖的双手将女婴抱回了家中，仅仅几分钟后，天空就下起了瓢泼大雨，如果不是那位老人，也许女婴就会在大雨中失去生命。

说到这里大家也就明白了，我就是当年那个躺在纸箱里的女婴，是好心的奶奶给了我第二次生命。奶奶孤身一人，没有工作，没有收入，生活已经不容易，为了养活我，她起早贪黑地捡纸箱，拾废品，含辛茹苦地将我抚养长大。从记事起，我就慢慢知道奶奶一个人养活我是多么不容易，于是我下定决心，即使身体不便也要比别人更快地学会照顾自己、照顾奶奶，让她以后过上好日子。我坚信，只要努力，别人可以的，我一定也可以！

我每天看着奶奶干活并默默学着，7 岁时我已学会了做家务、做饭，但我无法像其他同龄孩子一样走进校园，因为我没有户口，求学之路充满艰辛。我从不奢望像其他小朋友一样有父母，有好吃的好玩的，但是看到他们能背着书包上下学我羡慕不已。终于有一天，我忍不住问奶奶："奶奶，我什么时候能上学呀？"话音刚落，奶奶就泪如雨下，我自责地哭了。奶奶走过来，一把抱住我，我们依偎在一起，哭了很久很久……终于有一天，我也可以像其他小朋友一样坐在明亮的教室里了，但我无法想象，即使吃不饱饭也绝不麻烦别人的奶奶，为了让我能够上学，竟然不知下跪了多少次！在教育局和残联的帮助下，我才有了上学的机会。我深知这一切来之不易，于是倍加珍惜。在寒冷的冬天，家里欠费没有电，我就是在路灯下也要把作业写完。生活不易，为了替奶奶分担，校园里的角落里、上下学的路上，那些别人眼里的废纸箱就成了我眼中的宝，因为卖掉之后的微薄收入可以让奶奶少吃一些苦——那是我最大的快乐。

初中就读的学校离家很远，为了节省车费，我经常跑着去跑着回。不知不觉，我成为学校田径场上的短跑冠军。中考时，我成了班上唯一一个体育考满分的人。我喜欢风雨中前进的自己，把树木、房屋甩在身后，向着阳光奔跑。

也就是从这一年开始，我和奶奶的生活境况逐渐好转。在派出所、残联、民政局等多部门的帮助下，我终于有了户口，政府还让我享受了低保。那时，我和奶奶做梦都会笑出声来。奶奶常常把这些恩情挂在嘴边，总是叮嘱我一定要努力，一定要感恩。

进入高中后，我常常被推荐代表省市参加各类体育比赛。每一次奔跑，我都拼尽全力；90 公斤的杠铃把脖子压出肿块；反反复复的冲刺让脚底磨出了水泡……但无论多苦多难，我都没有放弃，因为我知道只有坚持，才能对得起爱我的奶奶和无私帮助我的教练。于是，我咬着牙一步步挺了过来。高二时，我拿到了国家二级运动员的证书，是那一年山西省达级赛测试中唯一一名残疾运动员。随后，我又多次在全国残运会上获得奖牌。虽然训练和比赛占用了学习时间，但我还是利用一切时间努力学习，因为我知道：人生的比赛不只是赛场的输赢，更是知识的竞技，思想的角逐。

2013 年，我考上了山西大学。奶奶看到通知书的那一刻热泪盈眶。我知道在奶奶喜悦的泪水背后，是为昂贵的学费发愁。幸运的是，我又得到了政府相关部门、学校和慈善总会的帮助，顺利地进入大学校园。在大学里，我过得十分充实：做公益活动的领跑员，拿下 3 次单项奖学金，成为学生会秘书长，照顾年已八旬的奶奶，完成不间断的训练和比赛……我恨不得生出三头六臂。虽然又苦又累，但只要想到奶奶，想到那些曾经帮助过我的人，我就会动力满满！

生活，总是眷顾我，给我考验，让我成长。2017 年年初，奶奶意外摔倒，腰椎骨折，手术后，在近一年中不能下床。正值考研备战期的我，每天在家中给奶奶喂水、喂饭，帮助奶奶排便、擦洗身体。听着奶奶疼痛的呻吟，我心如刀绞。在这样的压力下，我忍住泪水，咬牙坚持，最终考上了研究生。奶奶的身体也一天天好了起来。

20 多年过去了，纸箱已盛不下我长大的身躯，我和奶奶的生活也早已不再依靠它，但它所包含的爱却从未消失，反而历久弥深。奶奶为我取名“思恩”，就是要我常思恩情。这恩情来自同学、邻里、师友，来自政府、社会、国家。心中常念恩情，更要知恩图报，是奶奶让我活下来，是祖国让我长起来，我将在这青春年华里，用永不停息的奋斗，回报这个伟大的时代！如果说青春注定是一场与命运抗争的比赛，我愿挥洒爱的汗水，跑出时代速度，将爱与阳光传递……

>>嘉宾点评 蒋昌建

她有一颗感恩的心

英雄要问出处。不知何时，这成为许多人判定一个人的价值和影响力的习惯。然而，历史不断地告诉我们，很多成功者往往有微不足道的开始。高思恩原本是一个在大雨即将来临之际被遗弃在街头纸箱里的女孩，天生一边手臂有残疾。高思恩没有什么“高大上”的人生理想，她的想法就是报答拯救她的那位素昧平生的老奶奶的养育之恩。穷人的孩子早当家，高思恩从7岁开始就承担了许多家务劳动，就深知对久久未能落户的自己而言每一次学习机会的珍贵。微不足道的公交车费，在别人眼里可能算不了什么，在她眼里，则是奶奶用一张张废纸、一个个纸箱积攒起来的财富。于是，她开始在上学路上奔跑，在人生路上奔跑。这一跑就是10多年，跑出一名运动健将，跑出一名全面发展的大学生。卑微的出身，没有让她痛苦，却带给她一颗感恩的心。她的成长充满了激励人心的正能量！

时代新人——田礼君

>> 人物小传

田礼君

时代新人说 · 讲演录

- 女，出生于1989年9月。
- 山西艾伦律师事务所专职律师。
- 曾获太原市司法局、太原市律协主办的“营造良好法治环境 做新时代合格律师”演讲比赛第一名，太原市“时代新人优秀宣讲者”称号。
- 她热心公益普法，坚守法治信念；她挥洒青春热血，与祖国共同成长，捍卫法治尊严。

谁说我们不能改变

田礼君

大家好，我叫田礼君，是来自山西艾伦律师事务所的一名专职律师。在讲述开始之前，我想先问大家一个问题，有没有人跟你说过类似这样的话：“法律是这么规定的，但是现实……”或者：“你要学会认清现实……”“现实”是什么？“现实”是一个充满魔幻色彩的词汇。在所谓的现实中，那些尊重规则的人往往一辈子默默无闻，反倒是一些弄虚作假的人名利双收。是我们不懂得现实的游戏规则吗？将来我们是否也会拍着后辈的肩膀给他们一个意味深长的笑容？我们真的不能改变“现实”吗？

两年前，我第一次在首都北京的法院开庭，那是一起由海淀区人民法院主审的劳动案件，我代理劳动者向用人单位要工资。我记得 4 月的北京风很大，还没有一丝春意。庭审时，关于《劳动合同法》中的一个具体法条怎么适用成了案件的焦点，就在我觉得自己讲得头头是道的时候，法官打断了我，说，你是地方来的你不懂，我们这里不这么理解……这起案件后来被调解收场。走出法庭时，北京 4 月的春风好像剪刀一样吹得人脸上生疼。故事讲到这儿，本该画上句号了。这就是我—— 一名律师生涯中的一个再简单不过、不输不赢的案件，但是我始终觉得自己的工作还没有结束。回到太原后，我查资料，搜案例，写了一篇文章来讲我对这个法条的理解，然后把它寄给北京市海淀区人民法院。当时我并没有期望得到回音，因为北京市海淀区人民法院是全国受案量最大的 10 家法院之一。大到什么程度呢？其在刚刚过去的 1 月 1 日至 1 月 15 日这 15 天期间就受理了很多案件。你们猜猜，是多少件？ 100 件？ 1000 件？还是 5000 件？都不是！在这短短的 15 天，海淀法院收案 16535 件！由此，法官的工作量可想而知，而我代理的这起案件，已经审理完结，争议金额只有几万块钱，怎么会有后续呢？谁知，两周后的一个下午，我的手机响了，来电显示是一个 010 开头的固定电话。我赶紧接起电话，电话那头是海淀法院的主审法官，法官说他们收到了我的文章，全庭法官在每周的业务研讨会上对此进行了讨论，认为其中的观点有理有据，以后审理类似案件时，如果适用这一法条，将会做出新的调整；还说“谢谢我的认真”，她看到了山西律师的敬业。你看，这不是什么轰动全国的大案要案，我也没有扮演大英雄救世主的角色，只是坚持做了一名律师份内的工作——可这不就是普通青年参与法治进步的真实故事吗？谁说我们不能改变现实呢？

今日的中国，正面临着近代以来最好的发展时期，也正处于世界百年未有之大变局中；今日的中国，正在以一个新兴大国的姿态站在全世界面前；今日的中国，在物的现代化方面已经取得了伟大的成就……但是，人的现代化呢？我身边的很多朋友对法治的认识还仅仅停留在“杀人偿命，欠债还钱”上，我身边的一些同行由痛恨不公平的人变成了制造不公平的人。今天，我不是要告诉你律师凌晨4点排队立案的事情，蹚着齐腰深的水去看守所的情景，也不是要扭转你关于“律师拎着公文包，骗的钱比100个人拿着枪还要多”这样的偏见，更不是要给你讲一个老大娘接受法律援助时拉着我的手潸然泪下的故事……人生从来就不易，每个行业都有背后的心酸无奈。我想告诉你的是——我们正在用专业严格的办案流程为当事人提供法律服务，我们不把黑暗当光明，不为丑恶唱赞歌，我们正在扬鞭奋蹄！你可能在想，舞台上的这个年轻人，你还太天真，你还不懂什么是现实……是的，我并不回避在法治的进程中仍然存在很多问题，但请相信，有许许多多像我这样平凡的青年律师，正在用自己的方式，为创建法治社会而努力着，谁说我们不能改变！

不是每个人都能成为大国工匠、创业楷模、感动人物，更多的人，是像坐在台下的你和此时站在台上的我一样，是这个时代再普通不过的平凡人。但谁说我们不能改变呢？我们不必急于成功，不要轻易放弃，我们的故事与梦想、勇气、坚持有关！请记得，我们的力量再微小也是推动时代进步的力量！

>> 嘉宾点评

钟 君

每一份努力都不会被忘记

每一份细微的努力，都是新时代的最好注脚。一名普通的律师，一个普通的故事，显示了并不普通的力量。普通人一个个小的梦想，也会汇入实现中华民族伟大复兴的中国梦中。这是一个崭新的时代，也是一个离梦想最近的时代，每一份被认真扛起的责任，都将释放出属于自己的正能量；每一份被坚持的细微努力，都将被这个壮丽的时代所牢记。如此，青春方不会辜负；如此，时代才滚滚向前。

时代新人——苏小宇

>> 人物小传

苏小宇

时代新人说 · 讲演录

- 男，出生于1990年。
- 在职研究生学历，中共党员。2013年大学毕业后就职于太重轨道交通设备有限公司车轮二厂。
- 先后被评为太重轨道交通设备有限公司优秀践行“核心价值观人物”“太重集团优秀共产党员”。
- 荣获太原市“时代新人说优秀宣讲者”称号、山西省“时代新人说——我和祖国共成长”演讲比赛第一名、全国“时代新人说——我和祖国共成长”之“劳动筑梦”主题演讲比赛铜奖。
- 荣登太原市“时代新人榜”。
- 在铸就大国重器的征程中寻梦、追梦、筑梦，释放着“越奋斗越青春”的光彩。

40℃青春

苏小宇

大家看，照片上的人你们一定不陌生，这就是我们敬爱的习近平总书记。那你们知道照片上那个戴着工作帽只露着后脑勺的年轻人是谁吗？

这里我要自豪地告诉大家——那就是我。我叫苏小宇，这张照片是于2017年6月22日习近平总书记视察山西时照的，他热情地和我握手，亲切地和我交谈，那场景我一辈子也忘不了。大家一定都想问为什么我能有这样的机会和总书记零距离接触？这还要归功于我所在的单位——太重轨道交通设备有限公司。但大家知道吗，当初刚来这个单位的第2秒，我就想离开这里，这又是为什么呢？

我的专业是工业自动化。在我的脑海中，工作现场布满现代化的自动生产线，只要按下按钮就可以完成……再加上一杯我最爱的咖啡，完美！招聘之初，我就把目光瞄向了有“共和国工业长子”美誉的太重集团，我用4年所学，PK掉100多名竞争对手，之后又在考察综合素质的面试环节中，从32个入围人选中脱颖而出。我非常自豪，从学校到单位，这意味着人生的蜕变。我终于可以追求自己的大国工匠梦了。

可现实却截然不同。

耳朵里听到的是机器“轰隆隆”的声音；眼前奔忙的是挥汗如雨的工人师傅……不对呀，说好的现代化全自动生产线呢？那个按钮呢？我还没缓过神来，手里就接到了第一个办公设备—— 一把长2米重10斤的黑乎乎的铁棒，这是要干吗呢？原来我上班的第一天，正赶上除鳞设备在检修，现在我需要每隔1分钟，挥舞1次铁棒，敲打1200度钢锭表面的氧化皮。我连水都不敢喝，大家知道这是为什么吗？因为我没有办法保证在1分钟内上完厕所，而1分钟以外就意味着氧化皮会轧到产品中，出现报废产品。就这样，一天下来，我整整敲了523块钢锭，手上的虎口震得生疼，举铁棒的手臂一直在颤抖。

这样干了没几天，我就打算放弃了。那天正赶上厂里上设备抢修，一个瘦小的身影引起了我的注意，他现场指挥工人师傅工作，给技术骨干讲操作图纸，在设备上爬上爬下，手里的烟就没有断过。更令我吃惊的是，他居然把快要抽完的烟头直接用手指掐灭，不疼吗？他是谁，为什么会这样？跟旁边的师傅一打听，我才知道他就是公司副总经理任学艺。为了抢修，他已经3天3夜没回家了，掐灭烟头就是为了烫自己，保持清醒，不要睡着！看着满地的烟头，我感慨万千。我就是要找他在我的辞职报告上签字。副总经理尚且如此，而我才上了几天班就想打退堂鼓，这还是当初那个自信满满走进“太重”的我吗？我不能做逃兵！

于是，作为工部质管员，我开始琢磨如何能够减少生产车轮时的成本损耗。大家能想到吗？ 8月的伏天，可能就在您吃着雪糕、吹着空调的同时，我穿着防火的棉制工服，戴着安全帽、防护面罩和厚厚的手套，穿着钢板和皮子制成的钢包鞋，武装到牙齿，心惊胆战地爬到 5 米高的加热炉上进行高空作业。当时的温度足足有 40℃，我被烘烤了 3 天，固定了加热炉 58 个加热烧嘴的阀门开合度。那时，我最大的幸福就是享受脱掉面罩和安全帽后微风拂过的一刹那，完美！就这样，我完成了《标准化作业指导书》和《车轮过程控制管理规定》。之前更换品种每次报废 5 件，调整 30 分钟，而现在每次最多只报废 1 件，调整时间缩短在 10 分钟之内，单这一项，一年就能为公司节省 200 万元。这样的成就让我幸福感爆棚。改革开放 40 年，正是这些点点滴滴的“小进步”汇聚起来，才最终实现了企业的“大发展”。“太重”已成为国内唯一可以同时生产高铁车轮、车轴、轮对以及齿轮箱的企业。2017 年 9 月 4 日，当“太重”生产的 840 副德铁轮对乘坐中欧班列顺利抵达德国杜伊斯堡时，标示着中国企业的部件产品可以供给世界高铁强国了——中国制造业的脊梁挺直了！

今天，我依然清晰地记得习总书记拍着我的肩膀说：“小伙子，加油，好好干！”他的鼓励是那样温暖，让我这样一个出生在五四青年节的“90 后”，开始明白：这个世界没有现成的全自动生产线，没有一个按钮就可以获得的成功，更没有不经历奋斗就可以安逸享受的咖啡。昨天，青春曾是先辈追求民族独立、人民解放的满腔热血；今天，青春就该是我们这一代青年踏实坚守、诚实奋斗的激情与梦想。每一代青年都曾立于时代的中心；而此刻站在舞台中央的人，可以是为轨道事业工作的我，可以是为城市建设贡献的你，可以是为教书育人奋斗的他……耀眼的荣光属于新时代每一位孜孜不倦的青年，每一位追逐梦想的中国人！

>> 嘉宾点评

徐 川

生命的拔节和精神的生长

不经过思考的人生，不值得体验。演讲者正是从自身的成长体验出发，生动讲述了一位“90后”青年经历职业选择、困惑、退缩，从身边榜样汲取力量、蜕变成长的故事，故事的背后正是生命的拔节和精神的生长，也正是青春的思考。语言平实、朴素，内容丰富、翔实，具有较强的感染力、说服力、号召力。

时代新人——杨　睿

>> 人物小传

杨 睿

时代新人说 · 讲演录

- 女，出生于1998年6月。
- 中共党员，山西医科大学第一临床医学院本科生。
- 现任院学生会副主席，第二届全国青年运动会骨干志愿者，曾任第56届校运会主持人，2017级军训汇演主持人。
- 获得山西医科大学沙洛奖学金一次、一等奖学金三次、二等奖学金一次，“五四表彰”三好学生、优秀学生（团）干部各一次。
- 先后荣获第5届山西医科大学互联网+大学生创新创业大赛一等奖，“时代新人说”第二季“最佳讲述人”。
- 时代新人，筑梦成长；青春宣讲，砥砺前行；不负信仰，永久奋斗！

一人一尺一世

杨 睿

大家好，我叫杨睿，是在读于山西医科大学的一名大三学生。看到这张照片（放 PPT），大家会觉得这位老人很亲切、很和蔼吧？一次偶然的机会，我了解到这位老人不平凡的一生，她就是我最敬佩的人——于载畿。

于载畿老师祖籍山东，1942 年毕业于北京大学医学院并留校工作。1949 年，正值青春年华的她响应国家号召，义无反顾地从北京来到山西。面对当时落后的医疗条件，面对由于营养缺乏而导致的产妇难产、子宫破裂和子宫内翻等现状，不服输的她给自己定下了这样的目标："一定要把山西的妇产科事业搞上去，做到规范操作。"中华人民共和国成立初期，宫外孕必须手术。大部分病人由于家庭困难、手术费用高，或者担心手术影响之后的生育等，都不愿意进行手术。老百姓的内心呼唤让于老师毅然走上一条探索非手术治疗宫外孕的创新之路。她在西医中找不到方法就转向中医，终于，在经过 10 余年的探索和 600 例用药观察后，"宫外孕方剂"横空出世，改写了宫外孕必经手术治疗的历史，减轻了无数女性的痛苦。

因为这项成果，于老师也有幸受到周总理的亲切接见，她始终谨记周总理的嘱托：坚持推广非手术治疗宫外孕的科研成果，坚守在自己的职业岗位上。在美丽的迎泽湖畔，就坐落着在于老师带领下所成立的山西省活血化淤研究所。研究所通过“活血化瘀”治疗异位妊娠、子宫肌瘤、盆腔炎、宫颈炎等妇科疾病，取得了明显效果。尤其是运用中西医结合非手术方法治疗宫外孕（异位妊娠），有效率达 95% 左右。

于老师非常热爱医学事业，曾许下这样一个诺言，说：“我要干到不能干了为止，不工作，毋宁死。”她是这样说的，更是这样做的。就像战士难舍钢枪，农民恋着自己的庄稼田，于老师从医 70 余载，将一生都献给了医学事业和人民群众。

接下来，我想请大家和我一起把目光聚焦到这张照片上（放 PPT)，不知道大家有没有注意到这样一个细节，就在于老师的桌子上，有一把普普通通的尺子。我想请大家猜一猜这把尺子是做什么的？原来，这是于老师为了让年迈的自己仍旧可以写出规范整齐的病例而准备的。这么多年了，于老师对自己的要求从来没有降低过。她至今仍坚持出诊，一人一尺一世。于老师早已将这把丈量本领、品德和信仰的标尺内化于心，外化于形。要知道，于老师今年已经 98 岁高龄了。她忘记了时间，时间似乎也忘记了她，她和时间一起，诠释着那守护生命高地的两个大字——医魂。

于老师不仅是一名医者，也是一位良师。她培养了一批批优秀的学生，这些学生也坚守在工作岗位上，同于老师一起助千万女性重燃为母的希望，迎接万千生命的到来。在这条筑梦之路上，于老师从不孤独。但命运总会和我们开玩笑，因为这份坚守，她拼命工作，忽略了自己的身体，导致几次流产，终生不育；因为这份执着，奋斗在临床一线迎接新生命到来的她，却不知丈夫已悄然离世……爱人长逝，膝下无子，她守候着这份事业长达70余年，但她拥有最多的爱。

于老师是我的精神领袖，在她的指引下，我也想成为一名妇产科大夫，希望用自己的双手托举生命，把更多可爱的小天使带到这个世界上来。作为一名大三的医科大学学生，我深深知道做医生的艰难，但于老师和身边无数的医务工作者，用实际行动，在我的心灵深处烙上两个大字——坚守。

这份坚守，是无影灯下的争分夺秒、挽救生命；是万家灯火、家人团聚时的默默守候；是救灾前线奋不顾身、与死神相搏的身影；是问诊时的耐心叮嘱，病床旁的全心守护；更是时时刻刻敬畏生命的心！

医乃仁术，无德不立；大医有魂，生生不息！此时此刻，站在舞台上的我，向于老师致敬，向每一位医务工作者致敬！

>>嘉宾点评

张 坤

医者仁心

医乃仁术，无德不立。

探索非手术治疗宫外孕的创新之路，正是源于一颗德仁之心。

这是一份良知大德：为减轻无数女性的痛苦，还为减轻无数病人看病的负担。

98岁的医者，依然坚守在岗位，“我要干到不能干了为止，不工作，毋宁死”，令我们肃然起敬。

为了让年迈的自己，依然写出规范整齐的病例本，老医生坚持用一把尺子衡量、校正。

这把尺子表面上，校正的是病例本记录的不规范，其实也是校正职业的不规范。

这样一种严谨细致、慎终如始的工作作风，是一位仁心医者，献给大家自我检视、衡量校正的尺子。

医者仁心，大德无垠。

时代新人——刘　畅

>>人物小传

刘　畅

时代新人说 · 讲演录

- 女，出生于1994年4月。
- 中共党员，太原化学工业集团有限公司职员。
- 荣获团省委“省属企业优秀共青团员”、太原市“时代新人宣讲者”、太化集团“优秀女职工”等荣誉称号。
- 在她身上体现了三代太化人的家风传承，时代新人的责任担当。

女人，美在奋发有为

刘　畅

大家好！我叫刘畅，是来自太化集团的一名普通的“90后”女工。我讲述的题目是《女人，美在奋发有为》。

说起女性，您会想到哪些字眼呢？我心目中的女性具有矜持、善良、知性的特征。她们是中华民族家德家风、文化积淀的传承者，也开启了我做时代新人的大门。

60多年前，正值国家“一五”计划期间，一名年轻的女子怀揣建设国家重点工程项目的梦想，和丈夫从北京来到了共和国三大化工基地之一——太化集团。她就是我的奶奶。

那时，太原的生活条件比北京要差很多，可奶奶却说越艰苦的地方越能锻炼人。奶奶是做财务工作的，一个个精准的数据，一张张清晰的报表，记录下奶奶对太化的热爱和对太原这片土地的情感。奶奶性情温和，与人为善，在工作和生活中勤勤恳恳，任劳任怨，身边的同事和朋友，不论谁有难事，她都会尽其所能去帮助。她常对我说的一句话就是，女人在社会中必须有自己的事业，只有不断努力，才会拥有美丽人生。

女人的美，来自奋发有为，更来自这种精神的传承。

30多年前，正是改革开放初期，一名从广播电视学校毕业的姑娘也来到了太化，做了一名企业电视台的记者。几年后，她结婚生子，成了我的妈妈。

记得小时候做游戏，我最不愿意扮演的角色就是记者。因为在我的记忆中，似乎从来没有和妈妈一起吃过年夜饭。一到千家万户举杯团聚之时，妈妈就扛着摄像机，在生产一线，和同她一样坚守岗位的职工们共度良宵。暑假，同学们都会和爸爸妈妈一起去旅游，可每到这时，又是妈妈最忙的时候。车间在高产，工厂要大修，作为新闻记者的妈妈必须坚守在第一线。别人逗我，你爸妈皮肤都黑，没想到你个小丫头还挺白的。其实我知道，是年复一年的严寒酷暑改变了妈妈原本的肤色。妈妈把最美的青春年华印在了太化的年轮上，那就是改革开放、奋发有为的时代特征。

2007 年，奶奶得了脑梗，从一个精干的老太太变成躺在床上的大婴儿，最简单的吃饭、喝水、翻身、排便都不能独立完成，照顾奶奶的重担便压在了妈妈身上。上千个夜晚，妈妈没睡过一个完整觉，白天要上班，晚上还要起来好几次给奶奶翻身、喂水、换尿布。记得奶奶刚开始不能自理的时候，一喂水就呛，妈妈就尝试着用勺子喝水，我问她为什么不用杯子，妈妈说她想试一试：勺子里放多少水，送达口腔的哪个位置，水温多少，才能喝得顺畅。这样就不会呛着奶奶了。妈妈就这样一点一滴地研究出照顾奶奶的方法。身边的人，每每听闻奶奶已经 94 岁高龄，卧床多年仍是一个干干净净、没有褥疮的老太太，都夸奶奶有福气。可这样的福气，是妈妈用一滴一滴水、一口一口饭、一个一个不眠之夜换来的。这是妈妈的孝心之美，也是奋发有为的传承。

2016年，我大学毕业，放弃成都的工作，回到了奶奶、妈妈奉献一生的太化，也成了太化的一名新兵。

在“两个一百年”实现中国梦的新时代，在太化转型发展的生产一线，我看着师傅们改革创新、奋发有为的身影，仿佛看到了奶奶、妈妈工作的场景，太化的转型发展离不开我们每一个人，我们要在工作中做好每一件小事，哪怕只是一个零件、一个数据、一个报道。忽然，我明白了奶奶、妈妈一生执着于工作的原因，那就是奋发有为的时代精神。“关山初度尘未洗，策马扬鞭再奋蹄”——作为“90后”，作为我们家第三代太化人，我会时刻牢记传承家风美德，做改革创新、奋发有为的时代新人。

是的，做时代新人，我承载着奶奶的梦想，妈妈的理想，新时代的畅想。我们家三代女性都有自己的青春梦想。奶奶的梦想是把太化建设成一流企业，妈妈的梦想是为太化的发展添砖加瓦，我的梦想是在太化改革创新的新时期攻坚克难，不懈奋斗！

做时代新人，让改革创新、奋发有为的精神在“中国梦，劳动美”的实践中代代相传！

>>嘉宾点评

钟 君

每一段征程都有不同的风景

在太化集团这样一个大家庭里，一家三代为之奋斗，留下了感人至深的故事。故事里有无私奉献的大爱，也有血浓于水的亲情。一代人有一代人的“美”，奶奶和妈妈把自己的“美”跟事业的发展紧紧联系在一起，这又点燃了新时代的青春。奶奶的梦想、妈妈的理想、新时代的畅想，共同汇聚成伟大的中国梦。每一段历史都有不同的使命，每一段征程都有不同的风景，伟大的目标需要代代相传的接力，敢于奔跑起来的梦想，才是青春无悔的选择！

时代新人——刘定量

>> 人物小传

刘定量

时代新人说 · 讲演录

•• 男，出生于1988年3月。

•• 太原锅炉集团有限公司电焊工。

•• 获太原不锈钢园区“时代新人杯”焊工比武冠军、太原市“时代新人说优秀宣讲者”“时代新人 · 晋阳工匠”等荣誉称号，荣登太原市“时代新人榜”，并成为“三晋英才”支持计划“青年优秀人才”入选者。

•• 他是“钢铁裁缝”，他坚信“越努力，越幸运”。

越努力，越幸运

刘定量

刚刚过去的2018年12月12日，令我今生难忘。这一天，必将铭刻在我的记忆里。就在这一天，就在这个舞台，我荣登“十二月时代新人榜”，成为“太原市时代新人”！站在领奖台上，面对摄像机的那一刻，我激情澎湃，热血沸腾。那一刻，我更加感受到“越努力，越幸运”的真谛。

2003年，一个15岁的农村娃，一个怀揣梦想、立志要掌握一技之长的年轻人，从太谷农村来到这座大城市，走进山西机床技工学校求学。直到现在，我还清楚地记得，来太原之前的那个晚上，我趴在被窝里，哭着写好保证书。我向父母保证要好好学习，绝不给他们丢脸！

2004年，一个对未来满怀憧憬、对第一份工作充满期待、一心想在焊接专业有所建树的我，迈进了太原锅炉集团的大门。大家都知道，太原锅炉集团作为我国锅炉行业发展最快的企业，生产的循环流化床锅炉，技术在全国领先，市场份额占全国第一。能成为太原锅炉集团2600名产业工人里的一员，无疑，我是幸运的！

然而，就在报到的那天，看着榜单，我当时就傻眼了。刘定量，实习岗位：包装分厂。我一心想要干焊接呀！可我的实习岗位却是包装，这和我心仪的焊接专业完全是风马牛不相及。那一个月，苦闷、失落、憋屈伴随着我，憧憬和希望在哪里？特别是看到同学们从事着焊接工作，我的心里就更如同打翻了五味瓶，说不出是啥滋味。我多次找领导表决心，3 个月后，我终于如愿以偿被正式调到容器分厂，从事焊接专业。我的热情又点燃了，我终于可以学以致用了！那种感觉，真像鱼入大海，猛虎归林！

自此，我对焊工也有了新的认识。什么是焊工？焊工是“钢铁行业的裁缝师”，是建设新社会的顶梁柱。我由衷地为自己坚持调岗而感到庆幸，更把这种庆幸转化为动力投入到工作中去。但一开始，我还是学徒工，是不可以上产品作业线的，所以我每天只能看师傅怎样焊接。那时，我天天被焊接弧光晃到眼，晚上眼睛疼得睡不了觉。尽管如此，我依然每天观摩和学习，有了在平板上练习的机会，更是从不放过。我是个要强的人，总想将工作干得更好。时间一天天过去，师傅悉心地教导我，教我用一根根焊条打好基本功，慢慢地，我发现，焊工虽苦，但我是快乐的；焊工虽累，但我是幸福的！当我用一根根焊条弥合起一道道焊缝，看着那些自己用汗水打造的一件件成品之时，自豪感和成就感油然而生！我下定决心，要更加努力，做一名好焊工！

冰冻三尺非一日之寒，好的枪手是用子弹喂出来的！入厂工作两年后，我取得了容器分厂焊工比武第一名的好成绩，作为太原锅炉集团的优秀员工，又荣幸地登上了厂报。我记得，当我第一时间把报纸拿回家给父母看时，他们正在地里干农活，看到我的照片，他们只说了一句：“不要骄傲，继续努力！”但是，我能感觉到他们内心深处对我的肯定。这些经历给了我莫大的鼓励，更给了我身为“钢铁裁缝”的自信。

我始终相信“只要功夫深，铁杵磨成针”的道理。幸福都是奋斗出来的！在参加工作的这十几年间，我不怕苦、不怕累，经常利用业余时间充电，提高自己。通过努力和刻苦的钻研，我的焊接技术有了很大提升。前一段时间，不锈钢园区在 600 多名电焊工中进行了一次技能大赛，我一举夺得了焊条电弧焊、气体保护焊、钨极氩弧焊 3 项全能冠军，市委常委、宣传部部长张璐亲自给我颁发了“园区工匠”的荣誉证书和 50000 元奖金！当我再次把这个喜讯告诉父母时，他们开心地笑了，同时又对我说了一句：“千万不要骄傲，还要继续努力！”

今年是我在太原锅炉集团工作的第 14 个年头，太原锅炉集团陪伴我一步步长大成熟，我也见证了太原锅炉集团的变大变强。在最近的几年里，我和我的工友们共同完成了 20460 根集箱焊接，涉及高压锅炉 248 台，中低压锅炉 261 台！这次被授予“时代新人”的荣誉，我的成长历程更是被画上了浓墨重彩的一笔，我体会到了一名平凡工人的价值！

接下来的人生，我要用“越努力，越幸运”的信念鞭策自己，用“时代新人”和“园区工匠”的荣誉来激励自己；甘做一名小工匠，用一根根焊条，在火花闪烁的地方，焊接出坚固和强大；争当一名奋斗者，用一道道弧光，在平凡普通的岗位上，迸发出努力与奉献；

用热爱、自信和担当，用创新、专业和坚韧，创造美好人生，不负芳华，不负时代；在平凡的岗位，用平凡的工作，实现非凡的人生价值！

因为我坚信：越努力，越幸运！

>> 嘉宾点评

徐 川

幸福都是奋斗出来的

时代新人应以什么样的姿态迎接未来？演讲者讲述了一名农村孩子通过自身的不懈努力，在大城市站稳脚跟、在岗位上屡获佳绩的成长故事，生动诠释了“幸福都是奋斗出来的”的深刻含义。演讲者的经历也告诉我们，只有奋斗才能成就自我，只有奋斗才能不负时代。

时代新人——白佩沅

>> 人物小传

白佩沅

时代新人说 · 讲演录

- 男，出生于1990年5月。
- 中共党员，太原市保安服务有限公司万柏林分公司副经理。
- 获得第四届全国先进保安员、太原市见义勇为先进个人、2018年“时代新人优秀宣讲者”、2018年太原“身边好人”、太原市优秀共产党员、“向上向善好青年”等荣誉称号。
- 他奉献不言苦，追求无止境。

我是保安，我骄傲

白佩沅

我是一名普普通通的保安员。

保安，大家都不陌生。在很多人看来，保安是个“不起眼”的职业，是一份门槛低、待遇低、地位低、不被人理解的工作。

2010 年，我警校毕业后，就选择当了一名保安，一干就是 8 年。曾经有人问我：“为啥不当警察，干什么保安啊？”这个问题我不知道怎么去回答。但有一点，我觉得，那就是干保安和当警察是一样的，都是维护社会治安的卫士。在现实生活中，我的妻子、姐姐、叔叔、岳母，还有从未见过面的岳父，都是保安，我们家可以称之为“保安之家”。

记得上班第一天，我被派到一家机关单位值勤。当我看到保安室环境卫生脏乱差、保安员衣衫不整时，就下定决心，带领大家做出改变。我从自己做起，带动身边的队员，每天打扫内务、规范着装、文明用语，3 个月后，整个岗点的面貌焕然一新，赢得了大家一致好评，岗点也被评上了“先进”。

2015 年 9 月，我被任命为公交协管大队副大队长，每天带领 120 名保安员奋战在万柏林区各个公交站点，文明执勤、热情服务。两年多来，在大家的共同努力下，我们共查获携带鞭炮、汽油等违禁物品事件60余次，拾金不昧、扶危济困等好事80余件。万柏林公交站点的扒窃警情也直线下降。我的付出，你的平安；我是保安，我骄傲！

2016年10月3日，我值勤结束，在开车回家的途中，突然听到有人喊“抓贼呀，抓贼呀，快抓住他”的声音，抬头一看，只见一名男子戴着口罩，骑着摩托车从我的车前飞驰而过。我凭经验判断，这人肯定有问题，于是，我来不及多想，一踩油门就追了上去，把摩托车逼停，迅速跳下车，一把拽住摩托车的行李架，而这时，此人突然猛加油门，摩托车飞窜而出，我被拖着转了个圈儿，重重摔倒在地，当时感觉胳膊一阵火辣辣地疼。我强忍疼痛爬起来，继续追赶，很快，再次别住摩托车。这次，我直接冲上去，把该男子扑倒在地。我俩扭打起来，滚成一团，该男子拼命挣扎，但我最终还是将他制服，一直死死地摁住他。随后，警察赶来了，现场搜出20多部手机、两台平板电脑和两万元现金等赃物。原来此人是个盗窃惯犯。现场群众对我的行为大声喝彩，掌声响起……此时，我才发现与小偷搏斗时，衬衣被撕破了，胳膊上的伤口正在往外渗血……

一个小时后，我回到家中。妻子看到破了的衣服和受伤的胳膊忙问怎么回事。为了不让她担心，我骗她说不小心摔倒，蹭破了点儿皮，没事儿。可同样从事保安工作的妻子，紧紧盯着我的双眼，并不相信我的解释。我只好简单地向她讲述了刚才发生的事儿，妻子赶紧打来一盆清水，并拿来药，帮我处理伤口。

我看着妻子说：“咱就是保安，碰见这事儿，一定要出手，把坏人抓住……”话还没说完，妻子的眼眶就红了。她说：“我爸就是见义勇为抓小偷没了的，我怕你也……”妻子说着说着，就哭成泪人了。我知道，这件事让她又想起了见义勇为牺牲的父亲。她是后怕，害怕再失去我这个至亲之人。

那是20多年前的一天晚上，同样是一名普通保安的岳父，下班途中，路过一个工地，看到有两个可疑的身影，正在偷盗钢筋。“干啥？”岳父大吼一声，快步上前制止。两名亡命之徒看见事情败露，竟丧心病狂地持刀朝岳父捅去，然后仓皇逃离。国家的财产保住了，可岳父却献出了宝贵的生命，留下了无助的妻子和年幼的女儿。虽然从未谋面，但岳父的事迹一直感动着我、影响着我、激励着我，让我敢于“路见不平一声吼”，为保一方平安勇往直前。传承热血，仗义直行。我是保安，我骄傲！

8年来，我帮助过很多需要帮助的人，帮助迷路的儿童安全回家；扶助晕倒在路边的女生到医院救治；救助欲寻短见的女孩脱离险境；援助失主找回丢失的钱物……看到病人得到及时救治，看到焦急的失主露出笑容，看到迷失的儿童与父母紧紧拥抱，那一刻，我开心、骄傲、自豪！

“太原市见义勇为先进个人”“第四届全国先进保安员”——两次受到表彰，我倍感光荣；同时，我更深深理解了“保安”二字的含义：保安就是保一方平安，保安、保安，不保哪来的安？！

今天，作为新时代的保安人，我们站好自己的每一班岗，尽好每一份责，就是能让“保安”这个职业熠熠生辉。此刻，我想告诉每一个人：我要做一名保安，做一辈子保安，我是保安，我骄傲！

>> 嘉宾点评

詹国枢

保安礼赞

一位著名的心理学家，曾将人类的心理需求划分为五个层次：生理需求、安全需求、归属需求、尊重需求、自我价值实现需求。每个人的这五个层次的需求，必须由低到高，逐层满足，否则，他就会感到不适、沮丧，甚至非常痛苦！安全需求是人类最基本的两大需求之一，而保安的基本职责，正是为了保障居民和百姓的这一基本需求得到满足。从这个意义上来说，保安是平凡的，也是伟大的。他们就像阳光、空气和水分一样，是人类须臾不可或缺的。白佩沅，好样的！我是保安，我骄傲！

时代新人说 · 讲演录

担当

DANDANG

热爱
自信
担当
创新
专业
坚韧
……

时代新人——李玲义

>> *人物小传*

李玲义

- 男，出生于1958年12月。
- 曾荣获太原市“时代新人”、脱贫先锋、优秀共产党员、优秀第一书记、省少代会国旗传递者等称号，并获得“五一劳动奖章”。
- 40多年来干一行爱一行，奉献一行，被乡亲们亲切地称为“土豆书记”“玉米书记”“麻油书记”“化缘书记”。

“50后”扶贫“跑男”

李玲义

大家好，我叫李玲义，是太原市工商局派驻娄烦县庙湾乡扶贫工作队队长，双井村第一书记。乡亲们都亲切地叫我“土豆书记”“化缘书记”“麻油书记”“玉米书记”。大家不要小看这土豆，就是靠它，2017年双井村182户贫困户借此脱贫，成为全县的试点。

来娄烦县扶贫源于一场为单位购买土豆的经历，那是2016年10月，局领导和我商谈去娄烦县扶贫的有关事宜。我很矛盾，去吧，我这么大岁数了，太辛苦；不去吧，这个事儿总得有人干。当时正赶上市委下发“抽硬人，硬抽人”的政治任务，我便想，借这次购买土豆的机会先去看看再说吧。到村里时，正赶上土豆收获和储存的季节，看着地上成堆的土豆，我突然控制不住自己的情感，对黄土地的热爱涌上了我的心头。乡亲们充满期盼之情的眼神，让我不由得想起了1976年自己作为知青插队时的情景。我生下来几个月就失去了母亲，16岁又失去了父亲。那一年，我拿着被子但没有褥子，提着水壶但没有脸盆，就这样一个人去了农村。原太原市北郊区丈子头公社王家山村的乡亲们接纳了我，包容了我，我吃着百家饭度过了日日夜夜。记得有一年过年，这个只有57户人家的小山村，却给我放下了60碗的肉！我感动得热泪盈眶……没有乡亲们，哪有我的今天？那一刻，我暗暗对自己说，双井村的扶贫——我来定了！

靠什么让乡亲们脱贫致富呢？我瞄准了土豆。娄烦县的地理环境、条件、气候都非常适合种植土豆。但当时双井村土豆亩产只有1000多斤，产量根本上不去。在太原市工商局党组的大力支持下，我争取到了20万元的扶贫款。回到村里，我召开了村民大会，对大家说：“我扶贫不是来给大家输血的，我是来给大家造血的！我要发挥大家的内生动力，我要用20万元给大家购买优质的土豆籽种和有机肥料。要请农科院的专家给大家讲解如何科学种植土豆的知识。从今天起，从现在起，我所带来的扶贫款，每一分每一厘都要花在乡亲们的身上。从今天起，从现在起，我就不走了，和你们一起干！”人群中迸发出热烈的掌声。年底，全村的土豆产量从亩产1000多斤上升到3000多斤，总产量达到了50多万斤。其中30多万斤的土豆全部高于市场价予以销售，整个村子脱贫了！

娄烦县有句土话：没有土豆就没得吃。我是不为乡亲们服务，不为脱贫攻坚工作，不卖土豆，就感觉没得做。一次发放土豆籽种，我发现了一名云南籍妇女。她叫田小春，已是两个孩子的妈妈，在本村待了20多年，却无户无地，无法享受党和政府的扶贫政策。这可不行，习近平总书记讲过：在脱贫攻坚的道路上不能落下一户一人，于是我去了她家20多次，了解情况；两下云南，终于在云南省曲靖市沾益县大坡乡土桥上村帮她找到了家，为她恢复了身份，办理了户口，领取了结婚证，并将她的户口正式迁回到娄烦县。在太原市委组织的“担复兴大任，做时代新人”的演讲活动中，我讲述了这个故事。在太原电视台播放时，爱心企业山西喜游天下科技发展公司的老总听到了这个故事，表示愿意献爱心资助我三下云南，圆田小春的回家梦。就在田小春与家人团聚的时刻，我成功地将娄烦县的精品土豆推广到云南，实现了娄烦县土豆论箱卖、论个卖的理想！

路灯亮了，道路通了，自来水引进了，土窑洞全部改造了。原生态的石磨磨坊也建成了——乡亲们再也不用跑那么远的路去碾米、磨面了。双井村建生加工厂从小作坊变成正规企业，并成功得到著名商标 SC 的认证。变压器更新了，用电难的问题解决了。全县第一个以村集体命名的扶贫开发公司成立了，乡亲们的农产品有“娘家”了。爱心超市运营了。村集体的澡堂建成了，乡亲们在村里就可以洗澡的梦想实现了……

我是一名退而不休的扶贫人，第一书记的任期到期时，双井村 120 户乡亲们按着手印不让我走；一位老党员说：“李书记，你为咱村做的一桩桩、一件件事，都可以在阳光下晾晒。”是的，村里的一座座山、一道道梁、一碗碗的山药蛋，让我不舍！我还有好多事要办，我要跟时间赛跑，在有限的扶贫岁月中，做出无限的努力。

我爱蓝天白云没有雾霾的大美娄烦，我爱朴实善良厚道的乡亲，我爱从黄土地里生长出来的精品土豆……扶贫是一场奋斗，是一场带领乡亲脱贫致富奔小康的奋斗。我奋斗，我幸福！这是一个“50 后”扶贫“跑男”的真实告白，不要问我为什么眼里常含泪水，因为我对这片土地爱得深沉。

>>嘉宾点评

祝灵君

“50后”老党员的担当

担复兴大任，做时代新人。我们每个人都不能当历史的旁观者，不能当时代的看棋者，而应做时代的创造者，担起中华民族的复兴大任。李玲义作为一名“50后”老党员，把理想信念放在心里，响应党的号召，主动回村扶贫，体现了共产党人“吃水不忘挖井人”的优秀品质和“铁肩担道义”的责任担当。面对党赋予的脱贫攻坚重任，他交出了一份优秀的答卷，体现出新时代共产党人为党分忧、为人民谋福的政治担当。

时代新人——李小姣

>> 人物小传

李小姣

时代新人说 · 讲演录

- 女，出生于1990年4月。
- 农工党党员，太原市灵星自闭症康复中心创办人。荣获“山西好人”“中国好人”“向上向善好青年”等荣誉称号。
- 面对自闭症群体，她用自己的身躯为他们架起一座桥，让“星星们”可以由此走向新生活。

蜗牛的翅膀

李小姣

今天，我要跟大家分享一个关于“我的蜗牛们”的故事。在讲述之前，我问大家一个问题，你们见过这样的孩子吗？他们长得帅气可爱，当你和他说话时，他却不理你，也不看你，更不可思议的是，当他们过马路时会不顾危险地趴到汽车下面认真地看着轮胎……

在医学上，他们被称为“自闭症”儿童。他们不是人们所认为的内向、不说话、性格孤僻，而是一种不死的癌症！而我与自闭症孩子的接触是源于一次做助教的经历。那个孩子叫阳阳，当时已经三岁半，连爸妈都不会叫，我看到他时，他正在一个固定的角落自言自语地晃动着手指，无论我怎么叫，他都没有反应。我的老师告诉我，这样的孩子将来上不了学，甚至连生活自理都很难。我不敢相信，我要试图改变他。于是我反复观察、摸索、引导，终于，当我再次叫他的名字时，他知道回头看着我，并答应：“嗯。”接着，这个孩子在半年的时间里学会了很多叠词，例如“爸爸”“妈妈”。就在我为自己教学的突破而兴奋不已时，突然有一天，老师告诉我，我们的机构要关了……

我以为我再也见不到阳阳了。可是有一天，我接到了阳阳爸爸的电话，一个七尺男儿泣不成声地哭诉：“孩子的情况很糟糕，总喊着要李老师呀，要李老师呀，求求你帮帮我的孩子，帮帮我们，我们只有一个愿望，就是比孩子多活一天……”当时，我的心被刺痛了，我不能拒绝，毅然来到太原。

我创办了“太原灵星自闭症机构”。刚开始，我几乎没有任何经济支撑，黑板是用一块三合板涂上墨水自制的；地垫是用海绵自已缝的。买菜、做饭、上课，都是我一个人。常常，当我躺在床上看着钟表时，已经是凌晨了。长时间的过度疲劳和过重的心理压力，让我的身体开始出现警报，严重脱发、高烧不退，甚至昏迷不醒……醒来之后，我看见父亲正坐在病床前。他拿着被诊断为脑炎的片子，对我厉声说：“今天就务必把机构关掉！”我流着泪恳求父亲：“不能关，关了孩子们怎么办？”父亲沉默了，但他没有想到，之后，20 岁的我遇到的困难一个接一个……一次下学，家长们来接孩子，我正在和家长沟通孩子当天的情况，另外一个孩子拉了裤子，屎尿撒得到处都是，我赶紧请另一个老师帮忙，结果第二天，因为无法承受每天既当老师又当保姆的压力，他们集体向我辞职……无助的我脑中一片空白，刚刚燃起的希望，仿佛又熄灭了。我急得就像热锅上的蚂蚁。我想到了母亲。一个电话，她便从忻州赶来。母亲推开门，看到无助的我、迷茫的我、不知所措的我，一把把我抱住说：“咱们最难的时候都过去了，现在我们也一定可以挺过去！”我的眼泪像决堤的洪水奔涌而出。就这样，我开始不停地招老师。有的老师仅仅干了两个小时就走人了。我最怕听他们说：“李老师，我找你单独说句话……”唉，又是找我辞职的。

老师我可以一个一个招，父母我可以慢慢说服，但最难的是人们对孩子们的理解和接纳！有一次我带孩子去菜市场认识实物，阳阳特别喜欢吃土豆，趁我不注意，他跑到卖菜摊，拿起满是泥的土豆就咬，接连咬了四五个，气得摊主猛地一把把他推倒。我赶紧跑去赔礼道歉，解释说这是个特殊孩子，不懂事。摊主看看阳阳，嘴里骂骂咧咧地说，有胳膊有腿，哪里特殊？明摆着就是故意捣乱！我实在气不过，和他争辩：如果他懂他怎么不嫌脏就往嘴里咬？如果他懂你把他推倒在地，他怎么不会哭？就在我们争辩得不可开交时，阳阳已经跑到另一个买菜摊上，拿起生毛豆吃起来……

这些年，我的“蜗牛们”从“生吃土豆，捏方便面，在公交车上大喊大叫”，变成了会说长句、会画画、会弹琴的孩子，连阳阳都会读诗了，甚至有的人还上了普通学校。

就这样，我用整整 7 年的青春，陪伴“蜗牛们”风雨兼程。我深知自己是这些自闭症儿童的另一个妈妈，更是这一个个不幸的家庭继续走下去的希望。面对重重困难，我选择躺下，躺下来是要为孩子们架座桥，让他们从我的身上走到另一端……如今，太原灵星自闭症机构，已经成为一个有 29 位老师、80 名孩子的温馨家园。看着孩子们的进步，家长们舒展的眉头，我觉得自己所有的付出，都是值得的！

新时代已经来临。如今，我也在孕育着自己的生命——用生命触动生命，用生命温暖生命，用钉子精神为“蜗牛”插上翅膀——这就是我的爱和使命！

>>嘉宾点评

詹国枢

给“蜗牛”插上翅膀

如果把自闭症儿童比作“蜗牛”的话，让他们插上翅膀，便是李小娇和她的同事们所做的事情。当然，现实生活中的“蜗牛”，是不可能插上有形的翅膀的，但是，在自闭症儿童的心灵深处，却可以插上无形的翅膀。凭借这些翅膀，李小娇机构里的“蜗牛们”，已经从“生吃土豆，捏方便面，在公交车上大喊大叫”的孩子，变成了会说长句、会画画、会弹琴、会读诗甚至可以上普通学校的孩子！这是多么了不起的成就，这是多么感人的人间奇迹。千千万万个李小娇，正悄悄地、默默无闻地创造着这样的人间奇迹！

时代新人——宋静芳

>> 人物小传

宋静芳

时代新人说 · 讲演录

- 女，出生于1982年7月。
- 中共党员，太原市晋源区检察院未成年人检察部负责人。
- 检察官、国家二级心理咨询师，荣获山西省检察院“两学一做”学习教育先进个人、太原市检察机关“优秀公诉人”、太原市“青少年维权岗”先进个人、“太原市三八红旗手”“七五普法宣传先进个人”等荣誉称号。
- 她是麦田里的守望者，用爱心拉住了一个个不小心站在悬崖边的孩子。
- 她以一名检察官的担当和奉献，呵护着太原的未来、中国的希望。

法润青春，静护花开

宋静芳

有人叫我妈妈，有人喊我老师，有人唤我姐姐……大家能猜出我的职业是什么吗？

我是一名检察官，专门办理未成年人案件，业内人都亲切地称呼我们为“未检人”。提到检察官，你会想到什么？义正辞严？铁面无私？刚正不阿？没错，人们印象中的检察官都是站在法庭上正气凛然、令人生畏的国家公诉人。但作为“未检人”，我们却是温柔、善解人意的检察官，因为我们不能仅仅做国家公诉人，还要用柔情帮助孩子打开心结，给他们暂时黯淡、失落的人生推开一扇窗，让阳光洒进来。

未检工作是一项有温度的工作，更是一份有担当的事业！

我接触过很多失足少年，印象深刻的有这样一个男孩，他才 15 岁，因沉迷网络，交友不慎，身陷囹圄。初见他，蓬乱的头发，无神的眼睛，瘦弱的身体蜷缩着……我的心碎了！这哪里是一个青春少年应有的样子？

我用了两个多小时，换来了他的开口说话，他说想回家，想上学……他说他错了，后悔了……他恳求我帮帮他……我知道，此时他的心被唤醒了！

为了帮助这个迷途知返的孩子，我组织双方进行调解，积极为他联系学校。当我宣布对他作出附条件不起诉时，他泪如雨下。

再次见面，他已拿到了毕业证，高兴地说：“静姐，我毕业了，我没有辜负妈妈和您对我的期望。”这句话让我们在场的所有“未检人”都为之动容。

此刻，我感觉胸前这枚熠熠生辉的检徽，绝不是一个冰冷的标志，而是融入灵魂、触及社会的一份有血有肉的责任！

听，多好听的声音！可惜的是，我们永远听不到这样的声音了，这个花季少女被她的亲生父亲虐待致死。而父亲虐待她的理由极其荒唐，竟然只是因为她跑步太慢！经过调查，我们了解到，这个女孩还有一个弟弟和一个妹妹，母亲性格懦弱、胆小怕事，父亲脾气暴躁、蛮不讲理，母亲和 3 个孩子长期遭受父亲的束缚。父亲不让他们出门，不让他们上学，限制他们的人身自由；不让母亲给他们做饭，他们只能吃从垃圾桶里捡回来的剩饭剩菜；姐弟长期遭受父亲的谩骂、殴打，母亲只是眼睁睁地看着……一个活生生的生命就这么痛苦地离开了。最亲近的人却成了恶魔的化身，孩子们的心底该多么绝望！这令人发指的罪行，已不仅仅是丧尽天良，简直是人神共愤！我们震惊，我们愤怒，我们悲伤，我们依法追究了这个父亲的刑事责任，但悲剧已经发生了，孩子已经永远离开了我们，我们的内心非常沉痛。

人们把目光投向这个家庭还活着的孩子，他们生活困难，无学可上，父亲被释放后是否会继续遭受虐待？诸多的困难摆在眼前。

我知道，我没有时间沉默，没有时间悲伤，只有拿起法律的武器保护两个可怜的孩子。我为他们申请法律援助，支持起诉，撤销父亲的监护权；启动司法救助程序帮助他们渡过难关；联系教育部门，解决孩子们的上学问题；协调民政部门，申请低保……终于，他们能够像正常人一样生活了！

我们是“未检人”，为保障未成年人权益而生！我们用平凡的力量，让暂时黯淡的青春重焕光彩；我们用平凡的力量，托起一个个不平凡的人生；我们用平凡的力量，为祖国的未来保驾护航！

“未成年人需要什么，未检工作就做什么”，全力以赴地保护孩子，就是“未检人”的初心和使命！

>> 嘉宾点评

张　坤

侠女柔肠

一名专门办理未成年人案件的女检察官，为保障未成年人的权益呕心沥血。

虽身穿严肃庄重的检察官服，虽头顶威严闪光的检徽，但却是一副侠女柔肠：不仅仅做国家公诉人，还要用柔情帮助孩子打开心结，为他们暂时黯淡失落的人生推开一扇窗，让阳光洒进来。

正因为有这样一心为孩子健康成长的服务理念，才会苦口婆心地劝说两个多小时，让一名失足少年开口说话，打开心扉；才会不厌其烦地深入一线最基层，让一个个冰冷的家庭，变得更温暖。

这枚熠熠生辉的检徽，绝不只是冰冷的标志，而是融入人心的灵魂。

时代新人——张　丽

>> 人物小传

张　丽

时代新人说 · 讲演录

- 女，出生于1973年8月。
- 医学博士，现任太原市中心医院消化科主任、太原市第14届人大代表。
- 连续多年被评为院先进工作者。先后被评为山西省“百千万卫生人才培养工程”高端领军人才、太原市高端领军人才、太原市“时代新人说”最佳讲述人。
- 淡泊名利，追求卓越。她践行着新时代医务工作者的光荣职责。

喷着香水的“掏粪工”

张　丽

医生不是神，不是救世主，也不是万能的，但却是病人的希望。我是太原市中心医院消化科主任，叫张丽。“只要有危重病人，不论几点，我随叫随到。”2017 年，在新老主任的交接会上，我承诺。

上任不久后的一个深夜，科室来了一名 47 岁的男性结肠癌患者。肠道完全堵塞七八天，患者高度腹胀，剧烈腹痛，重度感染，随时可能肠道穿孔，甚至死亡。已是凌晨 2 点，我站在病床前，提出在肠内安装支架的微创手术方案，家属却拒绝了。

原来，患者已看过好几家医院，再加上经济原因，患者和家属此时已不抱希望，他们到医院，只是尽心来了。我没有同意家属放弃治疗的想法，耐心细致地为他们讲解了一个多小时。可能是我的自信、真诚和亲和打动了家属，他们同意了。我们马上进行肠道支架安装，支架释放的一瞬间，梗阻的排泄物便向洪水一样喷涌而出。旁边的几位医生都本能地往后退，我却高兴地大喊：“太好了，通了，通了！”我太高兴了，这一瞬间我忘记了人的本能，只剩下医生的本能。病人得救了！

这样的场景在我的工作中常常上演，护士们常调侃我是“喷着香水的掏粪工”。然而这是我的工作，我甘之如饴，我随叫随到。“随叫随到”成了我们的科风。

我们太原市中心医院消化科还打破常规，短时间内开通了“消化道出血绿色通道”“肠梗阻绿色通道”。顺势而上，消化科一面选派我科专家赴全国最先进的胃镜中心进修，一面集中科内优势专家积极寻求团队技术突破，以胃镜为优势的学科核心竞争力基本形成。

我带领科室攻坚克难，开展了超声内镜、放大内镜、早癌切除等消化内镜下的先进诊疗项目。为了保留住胃癌早期患者的胃，我们将胃肠早癌的内镜下治疗新技术确定为学科建设重点。与传统的内镜下黏膜剥离术相比，新技术可以对直径大于 2 厘米的病灶进行整块切除，避免分片切除，进而避免局部复发。

内镜下黏膜剥离新技术刚开展不久，一名年轻女子找到我，哭诉她的丈夫被确诊为早期胃癌。她担心幼小的孩子失去父亲，更担心丈夫切除胃后失去活下去的勇气。当听到我们不仅可以不用外科开腹，而且还可以完整地保留患者的胃时，她抬起头用渴望又疑惑的眼神望着我。手术后，当我告诉她切除的标本病理证实癌肿瘤切除得非常干净时，这位年轻的妈妈流泪了。泪水里有心酸、有欣喜，更有感激。瞬间我也泪水盈眶，或许我不仅挽救了她丈夫一个人的生命，我还还给了他的妻儿一个完整的家！

随着新技术的开展，我们的病床使用率由 80% 迅速提高至 98%，消化道大出血、急诊止血率几乎达 100%，危重病人救治率大大提高，我也获得山西省“百千万卫生高端领军人才”称号。

在医院，我是一个“随叫随到”的消化科专家；在家里，我却常常缺席。一次，上中学的儿子突发阑尾炎，肚子疼、上吐下泻、发高烧，我和同样是医生的丈夫都忙着工作，回到家时，孩子的阑尾已经化脓坏死，不得不急诊进行手术。住在隔壁单元的父亲得了急性胆囊炎，不忍打扰整天忙碌的女儿，自己找药对付，硬拖成了急性胰腺炎……作为医生，我随叫随到，作为人母和人女，我却缺席了太多太多。

从医 20 年，我也有沮丧、落寞。沮丧时，我会常常想起 40 年前那个宁静、贫困的小矿山，奶奶牵着我的小手为矿上抽风的小儿扎针，扎好之后家属那感激的眼神；落寞时，我常想起奶奶因糖尿病得不到及时救治昏迷去世时，我立下的学医志向。

去年，令我心疼又欣慰的是，我那个嘴上从不夸我的儿子，高考填报的唯一志愿竟是医学。我心疼，是因为我知道那是一条艰辛的道路；我欣慰，因为儿子学医的唯一理由是：喜欢像妈妈、爸爸一样成为人类健康的守护神。儿子会成为一名好医生，会成为未来的时代新人，这就是我最大的欣慰！

>> 嘉宾点评

钟 君

以心待人，可以温暖心

艰难困苦，玉汝于成；创业维艰，奋斗以成。在演讲者的眼里，看到的是病；在演讲者的心里，装着的是人。这篇演讲给我们诠释了坚守初心、不改本色的精神力量。演讲者舍小家、顾大家的无私奉献让人心生敬意，她对职业的热爱让人感动。在父母潜移默化的影响下，懂事的孩子也立志学医，成为未来的时代新人。这让我们懂得：以心待人，可以温暖心；将爱播撒，可以传承爱。每一段不曾蹉跎的岁月，每一个坚持奋斗的个体，都能够共圆中国梦！

时代新人——贾晋斌

>> *人物小传*

贾晋斌

时代新人说 · 讲演录

- 男，出生于1974年6月。
- 中共党员，太原市清徐县清德铺村党支书。
- 多次被评为优秀共产党员、优秀基层党支书。
- 获“时代新人说”第二季最佳讲述人称号，当选第二届全国青年运动会火炬手。
- “做打不死的小强”，是他攻坚克难的座右铭！

清德铺村的“小目标”

贾晋斌

我叫贾晋斌，今年 45 岁，是清徐县清德铺村的党支部书记。清德铺村坐落在官道旁，古时这里人杰地灵，人有德行，如水至清，顾名清德铺村。但在我 2017 年上任的时候，村集体经济在账面上却只有 4 毛 7 分。抱着村民选我信任我，我就不能辜负大家的信念，我与其他村干部首先明确了任期 3 年内的小目标，就是要过好“三个日子”：2018 年过苦日子，2019 年过好日子，2020 年过富日子。

但让我没想到的是，理想是丰满的，现实却是骨感的。刚上任，我便经受了一次惨痛的打击：我们经过千方百计的努力争取到的财政部农村综合性改革试点试验项目，却因为村里的土地确权工作没有完成而无法落地。这样一来，不仅村里连续 3 年会损失 3000 多万的国家资金，村民对我们的信任度也会大打折扣。得知这个结果，整整 3 天，我难过得躲在家里不想动，不想说话。可一想到那些支持我的村民，我不能就此放弃。痛定思痛之后，我决定重新振作：“清德铺人要做打不死的小强！”我用这句话来激励自己，鼓励大家。既然遇到了问题，我就要啃下这块硬骨头。经过商量，我们决定做好三件事，无愧带头人！

首先，啃下硬骨头，拿下土地确权。

2018年1月4日，清德铺村的土地确权工作正式开始。我与村干部一起，给村民们讲政策，讲法规。村民说，我一天能说15杯水的话。为顺利完成土地确权工作，我们从最后的截止日倒排工期，给自己加压，走家串户做工作。在工作进行到一半的时候，遇到了瓶颈。问题的症结落到两位老上访户的身上。经过了解，我发现这两位老上访户头脑灵泛，喜欢跑买卖，于是决定从此入手，挖掘他们的闪光点，把他们打造成清德铺村的红薯经纪人。果然，调动了两个人的积极性后，他们不仅带头做，同时还发动大家一起响应。瓶颈问题解决了。紧接着，全村95%的工作全部推开。2018年11月，在经过多次公示后，清德铺村的土地确权工作全部完成。硬骨头啃下来了，我们这个纯农业村的产业兴旺也打下了坚实的基础。

我再来讲讲第二件事。

我们清德铺村的元宵有着数百年历史，闻名十里八乡。每至逢年过节，满大街都是清德铺元宵的叫卖声，但因为规模小、经营散、质量标准不统一，清德铺村的元宵却并未因此而受益，还经常出现滞销、价格上不去等难题。

看到这些问题，我和村干部首先成立了元宵合作社，制定了“五统一独”的标准，也就是元宵在统一标牌、统一包装、统一原料、统一配方、统一工艺的基础上，真正实现独立经营。同时县委宣传部协调各种线上媒体，联动进行宣传推广。线下，清德铺的元宵首次入驻太原食品街，在正月十五元宵节，我们展开了一场别开生面的民俗表演。一时间，村民们齐心协力憋足了劲儿打品牌，仅在正月这段时间，就销售元宵 26 万斤，前所未有。大家终于明白了合作社的“五统一独”不是制约，恰恰是对品牌的一种更好的保护。品牌效应让村民们尝到了甜头。现在，清德铺的元宵合作社已由起初的 35 家发展到了 76 家。

如果说，第二件事是卖元宵，那第三件事就是卖红薯。

俗话说，当官不为民做主，不如回家卖红薯。作为清德铺村的芝麻官，我就是要为大家卖元宵，卖红薯。

2017 年，清德铺村的红薯被成功认证为国家地理标志农产品。然而好酒也怕巷子深，要想人人皆知，必须广而告之。我们的推广计划得到了领导的大力支持，分管副县长亲自站台，为红薯代言；宣传部部长成为我村活动的总策划、总导演，推出了农机展示会、插秧节等多项大型活动，邀请国家及省、市、县 30 多家媒体进行立体化推广、全覆盖宣传；美食团专业策划出了共有 100 多道菜的“全薯宴”，迎接来自五湖四海的食客，一时间红薯美食蔚然成风。现在全村的红薯种植由 1000 亩，辐射达 8000 亩，正向万亩进军。价格也比去年有了很大提升，由去年的村民发愁卖，发展到今年的足不出村人们抢着买。

厉害了，我的红薯！

如今，走进清德铺村，可听历史回声，可看自然风光，可感淳朴民风，可品特色美食。如果你想过把明星瘾，我村红薯微电影团队的古装戏随时等待你的光临。还有正在筹办的红薯插秧节、红薯美食节、元宵文化体验月、知青联盟等活动，让清德铺村步入了快速发展的社会主义康庄大道。

我们清德铺人就是打不死的小强！我们会一步一步地实现更多的小目标！

朋友们，找点空闲，找点时间，带着家人来清德铺看看吧！我们真诚欢迎大家的到来！

>> 嘉宾点评

钟　君

风起扬帆正当时

现代农村是一片大有可为的土地，是希望的田野，但是农村工作责任重大，困难重重，而我们的演讲者却恰如“打不死的小强”，一步一个脚印，硬生生打开了局面，干出了振兴乡村的大事，实现了村民们过上幸福美好生活的目标，用奋斗书写了一份精彩的时代答卷。迈入新时代，风起扬帆正当时。无论从事什么岗位，只要找准价值定位，再平凡的岗位，也大有可为。新时代属于每一个人，把握机遇，努力奋斗，相信，平凡如你我，也能跟上时代前进的脚步！

时代新人——崔燕波

>> 人物小传

崔燕波

•• 男，出生于1988年8月。

•• 北京大学空间物理学博士，中共党员，中共太原市委办公室主任科员兼机关团支部书记，中共古交市马兰镇党委挂职副书记兼康庄村主任助理。

•• 山西省定向招录的第一位博士选调生，获国家奖学金、光华奖学金，北京大学优秀毕业生等荣誉称号。

•• 获太原市“时代新人”、古交市“时代新人”荣誉称号，获“太原市身边好人”提名，当选第二届全国青年运动会火炬手。

•• 他是三晋大地上选调生的代表：投身黄土地，奋斗最青春！

投身黄土地，奋斗最青春

崔燕波

想必不少人都知道极光这种神奇的自然现象。那么，极光到底是什么呢？其实，极光是在太阳风、地球磁场、高层大气的共同作用下，主要产生于地球两极地区的一种发光现象，是肉眼可见的空间物理学现象。

大家好！我叫崔燕波，是一名空间物理学博士，2016 年我从北京大学毕业后，选择成为一名选调生，回到山西工作，现任太原市委办主任科员兼机关团支部书记，目前在基层挂职锻炼，任古交市马兰镇党委副书记。

刚参加工作时，很多人对我的职业选择表示不理解，或者至少是好奇。确实，我从小就喜欢仰望星空。记得小时候，爷爷白天在地里忙完农活，晚上经常带着我在院子里数星星、讲故事，既讲天上星星的故事，也讲太爷爷参军抗战的故事。爷爷告诉我，1936 年，面对日益严峻的抗战形势，一腔热血的太爷爷响应党的号召，忍痛离开刚刚满月的爷爷，毅然奔赴延安，投身革命洪流。新中国成立不久后，太爷爷因公牺牲。他戎马一生，南征北战，多次立功，但最遗憾的是，离开家乡后，他竟然没能再回去。太爷爷最初葬在南京的雨花台，按照遗愿，去世不久后，遗体被移葬至农村老家。太爷爷终于回到了他一生眷恋的黄土地。随着年龄的增长，我越来越清楚地发现，仰望星空的背后，隐藏着的是我对太爷爷的敬仰，对家乡的眷恋和对黄土地的热爱。如果说，璀璨星空带给我的是科学和诗意，那么，黄土大地则让我踏实并心安。想明白这一点，在人生的十字路口，我做出了自己的职业选择，那就是：“投身黄土地！”

在机关工作一年半以后，渴望到基层磨炼本领的我，积极响应省委号召，毅然投身“万名干部下乡镇”的洪流，继续往下沉，来到了古交市马兰镇。我决心在改革创新的时代号角下，在乡镇基层，做一名踏实的奋斗者！

镇党委研究决定，我直接分管采煤沉陷区治理等重要工作。去年后半年，我开始负责推进马兰矿山地质环境恢复和相关联的南一沟棚户区拆迁这两项工作。当时，我是一个刚刚参加工作两年的小伙子，来到基层也只有半年多时间，面对自己分管领域里的这两项复杂工作，我感到忐忑、胆怯，各种情绪在刚接到任务的那几天轮番上演。迷茫中，我又读了一遍习近平总书记在7年知青岁月里的青春故事，并且由此想到了一句话，那就是：“奋斗最青春！”我坚信，只要奋斗，终能成功。

我首先牵头成立了镇地环治理办和棚改办，创新工作方法，直接将相关社区的工作人员纳入进来，充实队伍；并根据地环治理和棚改工作均涉及南一沟这同一区域的实际情况，将两个项目统筹推进，由一名同志同时担任这两个办公室的负责人，事实上是将两个办公室合二为一。同时，我积极加强自身学习，严格按照法律和政策规定，稳步推进工作。在小半年的时间里，我四处奔走，将每一个业务单位、所有相关科室都问了个遍。最忙的时候，各个关口的负责人，每天都会被我的电话“骚扰”好几回，连门房大爷都认识了我这个马兰镇来的“爱问事情的小崔书记”。

南一沟拆迁，刚开始许多群众不理解、不接受，甚至产生了一些摩擦，推进缓慢。我心中焦急，便索性带着镇棚改办的同事，和群众谈心聊天，摆政策，讲道理，处理纠纷，积极为他们争取合理合法的利益。在一次座谈会上，一位大姐抱怨自己在几个地方来来回回跑了好几趟，但还是解决不了问题。我对她说：“大姐，我是一名党员，听到您的抱怨，我感到很惭愧。但是，请您相信，您的疑问和诉求可以直接向我反映，我以党性保证，一定会有一说一。我暂时答复不了的，或者您还有疑虑的，我会在请示上级后给您答复。”就这样，我们的执着和真诚得到了大部分拆迁户的积极回应，大家开始理解和接受我们的工作。拆迁协议签订率不断上升，一点一点地突破九成。功夫不负有心人，矿山地环治理和棚户区拆迁都顺利地进入了施工阶段。

绿水青山就是金山银山，采煤沉陷区治理事关全市的转型发展，事关百姓的切身利益，是保护生态环境和践行新发展理念的重要举措。我相信，阵痛过后就是新生。恢复山清水秀、鸟语花香的秀美景色，探索一条新的充满生机的发展道路，把龙城太原建设得更加文明、开放、富裕、美丽，是全市人民共同的心愿！

2015 年，省委组织部开始向北京大学、清华大学、中国人民大学等重点高校定向招录选调生。4 年来，200 多名怀揣理想的青年学子，纷纷投身黄土大地，在改革创新的浪潮中，用奋斗书写青春，用青春建设山西。时光流逝，曾经埋头实验室的“崔博士”们都已成了一身黄土气的“小崔书记”们。其实，那片璀璨的星空，从未远离，只是星空带来的不再是无穷的科学奥秘，而是“俯首甘为孺子牛”的人生追求。脚踏这片黄土地，我、我们，将在这里继续探索，继续创新，继续奋斗。投身黄土地，奋斗最青春！

>> 嘉宾点评　　钟　君

在奋斗中铭刻青春印记

党旗所指，即为青年所向，“党有号召，我有行动”，始终激励着一代代青年铿锵前行。作为一名空间物理学博士，演讲者毅然扎根乡镇，由埋头实验室的“崔博士”，成为一身黄土气的“小崔书记”，在伟大的时代中书写了属于自己的使命担当与青春故事。一代人有一代人的使命，一代人有一代人的担当。在新时代的召唤下，青年学子既要仰望星空，也要脚踏实地，负起该负的责任，做好该做的事情，在新时代的奋斗中铭刻青春的印记！

时代新人——张佳欣

>> 人物小传

张佳欣

•• 男，出生于 1985 年 1 月。

•• 山西顺丰速运收派员。

•• 先后获得“销售能手”“服务之星”“优秀员工”“优秀工会代表”“年度特殊贡献奖”“五一劳动奖章”等荣誉。

•• 荣登太原市“时代新人榜”。

•• 他每日穿梭于大街小巷，是百姓身边最熟悉的陌生人。在酷暑严寒中，他栉风沐雨，只为不辜负每一份托付。

不辜负每一份托付

张佳欣

大家好，我叫张佳欣，是一名快递小哥，是您身边最熟悉的陌生人。

熟悉，是因为有人戏称，与异地恋男友 3 年见面的次数都不如和我一个月见的多；哪位客户喜欢吃什么，喝什么；哪位客户家中有老人，孩子几点睡觉；哪位客户何时加班，何时休息……我都特别清楚。

陌生，是因为会听到这样的话：“你怎么这么慢啊！”可客户怎知道，我连爬楼梯都是一步三个台阶地飞奔啊；“你往外站点儿，别把我家弄湿了！”是的，我被大雨浇透了，但递给客户的包裹却是完好的。在客户心里只装着一个专为一个人服务的快递小哥，而每位快递小哥的心里却装着无数个必须服务好的客户。

让我一度怀疑自己入错行的是一个电话。刚入职第一年的“双十一”，尽管天气寒冷，我却忙得满头大汗。电话突然响了：“喂，查到你接货都 1 个小时了！我的货物呢？”还没等我回应，电话里劈头盖脸就是一顿臭骂，我当时就懵了，缓过神来赶紧查，原来他的快件是个比我的电动车还要长的超大货物，如果带着它，会耽误其他二三十位客户的派送时间，所以我想第二趟专程再给他送。可当我解释时，那边只有一句话："我不管你什么原因，我有急用，现在、立刻、马上！"紧接着的话更难听，我只记得委屈仿佛挤在喉咙里，说不出也咽不下。随后，尽管我第一时间给他送去货物，他还是给了我一个"服务类"的投诉。这在我们公司就好比是辞退信，它能让我马上丢掉工作，意味着我下一刻的收入将没有着落。

刚入职时的美好憧憬瞬间破灭，我做好了被公司开除的准备，但主管突然找我却是因为另外一件意想不到的事。

那天，他把我带到快件中转场，这里足足有3个足球场那么大，货场外几十辆满载货物的依维柯整齐有序地等待卸车，在货场内的分拣设备上，快件正快速流转。我接到的任务是从成千上万的快件中找出一件从国外寄来的快递。要命的是，当时是手写单据，在转换国内运单时信息录入不全，想要在4小时之内必须找到它，谈何容易？

但主管接下来的话却让我们不顾一切地冲进货场。原来这个快件是一款因国内稀缺而专门从国外进口的特制手术用药，一个11岁的孩子正躺在医院的病床上等待它。没药就不能手术，如果超过4个小时，孩子随时都会有生命危险！

划分快件区域，寻找大小相似的包裹，配合投递进度进行网络检索……50名紧急调回的小哥分为10个小组紧张地奋战着。两个半小时过去了，我们筛选、排除相似包裹近5000件，但还没找到那个快件。已是凌晨1点，离4个小时的时限越来越近，我恨不得让时间停止，心里一直默念着：干得快一点，再快一点儿！我知道，只有争分夺秒，才能让病床上的孩子多一线生的希望。

突然，身旁的同事大叫一声:“找到了！”大家立刻都长吁一口气，瘫坐在地上。但我不敢停，因为这是与死神在赛跑。经过最后一次比对，完全吻合，我一把抱起包裹，冲出货场，坐上一直待命的专车奔向医院。

当我推开医院大门时，孩子的父亲发疯似的朝我冲来，堂堂七尺大汉，在接过药的瞬间泪崩了。看到护士把药拿进手术室，他再也站不住了，瘫软地蜷缩着身体，紧紧握着我的手，嘴里念叨着:“谢谢，谢谢！有了药，孩子的命就保住了！”

就是这句“谢谢”，让我对快递工作有了新的认识，更加理解了每天清晨同事们一起喊的那句口号“承诺，为每一份托付”的真正含义。事后，主管拍着我的肩膀说：“之前那份投诉，公司已做调查。不怪你！”委屈的泪水一下子涌出眼眶。此后，客户的每一声“谢谢”激励我一干就是5年。

在过去的365天里，我在方圆不到2千米的区域里共服务了11000余名客户，走了583万多步，收派件的总距离达到334万余千米，相当于1588个广州到北京的距离，收派总重量一共5万余千克，相当于532亿枚1元人民币硬币的总重量。

这些换来了我与客户更多的信任与理解。当我忙于送货，三餐没正点，胃疼得直不起腰来时，客户张阿姨专程开车跑来为我送药；当我的电动车驮着大件货物在路上举步为艰时，偶遇的王大哥用他的私家车帮我送达……这样的情形数不胜数。我知道，我手上拿的是一份包裹，肩上扛的却是一份责任。

2019年春节前夕，习近平总书记探望快递小哥的报道让我兴奋不已。谁说快递员是幸福感最低的职业，快递工作给了我们更多体现价值的机会。穿一身红黑相间的工装，我们就自带光芒。我们平凡，但我们幸福！不辜负每一份托付，这是我—— 一个快递员的承诺。

>>嘉宾点评

张　璐

一个快递员的承诺

“熟悉的陌生人”，这是快递小哥们对自己的形象比喻；“勤劳的小蜜蜂”，这是总书记对快递小哥的比喻。是啊，如果没有这些熟悉的陌生人，像勤劳的小蜜蜂一样为我们服务，对很多人来讲，好像已经不知道该怎么生活了。他们最普通不过、最平凡不过，然而从佳欣的演讲中，我能够感受到，他们风里来雨里去，不只为生计，还有那句承诺“不辜负每一份托付”。我仿佛看到快递小哥笑着对我说：“你收到了包裹，而我收到了幸福！”

时代新人——张晓红

>> *人物小传*

张晓红

时代新人说 · 讲演录

•• 男，出生于1977年8月。

•• 中共党员，大学学历，现任太原市育蕾幼儿园书记、园长。

•• 被评为山西省优秀教育工作者、太原市优秀共产党员、“时代新人”等。

•• 他守护孩子的童真，用初心和臂膀为孩子撑起爱的天空。

做孩子们的守护神

张晓红

大家好，我是育蕾幼儿园的园长张晓红，今年 40 岁。听到我的职业，您的心里是不是有一丝诧异？这样的诧异，我常常可以感受到。不过，我很愿意把自己称为“孩子王”。但在 20 年前，这个职业曾经让我很难启齿。

我 1993 年考入山西省粮食学校。当年，考入一所不错的中专学校，就意味着拥有美好的未来。然而，事与愿违，学成毕业的我竟被阴差阳错地分配到一所幼儿园，成了幼儿园里的男老师。先不说我自己还是一个需要人管的大男孩，当时可是 20 世纪 90 年代啊，幼儿园里哪有男老师？走进幼儿园，身陷“女儿国”，呼吸着屎尿味，聆听着哭闹声，还得接受家长们异样的目光……我整个人都要崩溃了。而幼儿园里竟然没有男厕所的现实让我尴尬到极点。一句话：这份工作让我难以抬头，我找不到工作的乐趣。说得严重点，我找不到男人的尊严！从前的我也曾是很多父母眼中“别人家的孩子”，但工作后，我害怕见亲戚邻居，躲避同学朋友，甚至在幼儿园门口撞见熟人，也谎称自己是在旁边的小学工作。最初几年，“幼儿园男老师”这个称呼像一把枷锁让我看不到未来，找不到出路，更读不懂青春的含义。就连找对象，我都屡屡碰壁，因此，我那时唯一的念头就是逃离。也许，只有逃离，才是最好的选择。

可是后来发生的一件事，却彻底改变了我。

那是1998年5月的一天，幼儿园里有个孩子突发惊厥，口吐白沫，浑身抽搐，情况万分危急。代班的女老师六神无主，无比焦急，拦住了正好路过的我："张老师，我们班有个孩子出了问题，怎么办？"我首先找到幼儿园校医，让其为孩子进行了简单的处理，然后本能地抱起孩子，向医院狂奔。当时的交通工具还不发达，我怕耽误时间，是一路跑着去的。孩子小小的身体蜷缩在我怀里，呼吸越来越微弱，我像疯了一样在车流和人海中穿梭。冲进医院，我大喊："救救我的孩子！救救我的孩子！"在医生们的全力抢救下，孩子终于脱险了。医生们都以为这是我的孩子，说："如果再晚来几分钟，怕就有生命危险了。"听到这儿，我慢慢地顺着墙角瘫坐在地上。之后，望着苏醒的孩子，握着家长感激的双手，我流泪了。此时的我体会到了身为人师的责任；也第一次强烈地感受到，幼儿园里需要男同志！那时，我暗暗发誓，我要张开双臂，做孩子们的守护神。

心里的疙瘩解开了，再看孩子们，觉得他们是那么可爱。为了行动安全，我把幼儿园里所有有尖有角的地方都打磨成弧形；为了饮食安全，我亲自一一甄别采购各种蔬菜；从给小女宝扎辫子、陪小男宝踢足球，到给孩子们讲《西游记》《三国演义》，我事无巨细，一一学起，一一做起。不知从什么时候开始，孩子们在幼儿园里一看见我，就一大群一大群地扑过来，让我和他们玩耍，还一口一个"张老师""张老师"地叫着，围着我转。一不小心，我变成了幼儿园里最受欢迎的男老师，我带的班级成了最热门的班级，许多家长非要让孩子来我的班，说："男老师带出的孩子更有潜质。"我知道我成功了——不是工作业绩上的成功，而是成功地跨过了内心的那道坎。

安心扎根于幼儿园后，很多人问我："一个男同志，每天和孩子们在一起，值吗？一个男同志，每天忙碌着琐碎的事情，有意义吗？"我回答："你小时候是不是听着孙敬修爷爷的故事长大的？你看过郑渊洁的童话大王吗？你想让你的孩子有男老师吗？你知道我国现代教育史上著名的幼教专家陈鹤琴、张雪门、张宗麟等都是男性吗？幼儿园不能只有'半边天'啊。"可喜的是，如今，在我们这个岗位上涌现出越来越多优秀的男教师。

梁俊文，一个从深山沟里走出来的小伙子，为了弥补自己没有上过幼儿园的遗憾，上大学时，毅然报考了学前教育专业。在校园里，你会经常看到，他带着孩子们在操场上踢球、奔跑。一次次摔倒，一次次磕碰，梁老师在球场上教会了孩子们独立成长。

薛晓鸣，一个永远长不大，也不愿意长大的大男孩，在幼儿园已工作了14年。在14年的光阴里，他和孩子们一起畅聊，上至飞船升天，下至蚂蚁探秘；他和孩子们一起弹唱，细数最美的童年时光。

就是这样一群人——幼儿园里的男老师，在小小的园地里坚守着。每一个清晨，每一个黄昏，他们都站立成最美的姿势，完成一次次爱的交接。幼儿园需要男老师。在这里，我们沐浴着世界上最明媚的阳光，感受着世界上最温暖的幸福。

担复兴大任，做时代新人，一个幼儿园的男老师能做什么？我一次次追问自己。我想说，把所有的孩子高高举起，是我一辈子不变的心愿。这，是一个“70后”的庄严承诺，是一名来自幼儿园男老师的铿锵誓言！

>> 嘉宾点评

詹国枢

幼儿园需要男老师

幼儿园需要男老师，理由有三：其一，孩子在一生的成长中，除了要学会像女人般温柔和细致外，还需要学会像男人那样阳刚和粗放，这才是健全的人格，而男老师正好可担当此任。其二，幼儿园的工作，除了日常的唱歌跳舞、吃饭睡觉外，还有一些需要较强体力的粗重活儿，有了男老师，难题解决矣。其三，遇到危难之时，碰到棘手之事，幼儿园男老师出面，应该比女老师更加有利和方便。基于以上三条理由，“幼儿园不需男老师”的论调，可以休矣！

时代新人——杨静彦

>>人物小传

杨静彦

•• 女，出生于1975年6月。

•• 太原四十五中语文教师，硕士研究生学历，太原市高水平骨干教师。

•• 曾获“全国说课特等奖”“教学论文全国一等奖”“语文报论文一等奖”，被评为太原市“时代新人优秀宣讲者”。

•• 她对农民工的孩子奉献良多，她引导学生讲奉献、有自信、勇担当，她被孩子们称为“最懂学生的老师”。

做一名最懂学生的老师

杨静彦

三八“女神节”那一天，我收到了一份特别的“礼物”，那是一篇日记。在日记里，这名叫高宇康的孩子评价我：“杨老师是最懂我们的人。”这是怎么回事呢?

原来，前一天的3月7日正好是我的晚自习。高宇康眼皮子打架，脑袋发昏，用课本遮着脸昏昏欲睡，我就把他叫了起来，本意只是想提醒他，可他竟连“亲贤臣”的“亲”都翻译不出来，让我很着急。他成绩不好，三年中语文只及格过一次。但是在这种情况下，我还是客观地分析了他瞌睡的原因：最近的早操跑步让孩子们整体体力欠佳，而他中午不回家，不能睡午觉，又爱打篮球，课间不闲着……所以我便说：你以后中午必须睡一会儿，保持体力，否则晚自习坚持不下来。第二天，他在日记里详细描述了此事，决定以后要学会休息，睡好午觉。最后，他在日记里写：“杨老师是最懂我们的人。”虽然三年来和孩子们之间发生了很多故事，但在这个特别的日子里得到这样的评价，我特别高兴。

我是太原四十五中的老师，学校90%以上的学生都是外来务工人员子弟，学生的学习素质和能力整体偏低，行为习惯也存在着比较大的问题。

我以前有个学生姓张，刚上初一就天天迟到。一批评，孩子就哭；再批评，脸上就有了破罐子破摔的神情；后来竟旷课了。为什么旷课？十之八九是因为又迟到了。他为什么总是迟到呢？我了解之后才知道，孩子父母离异，他被判给父亲。家离学校远，可父亲失业在家，每天早晨连坐公交车的钱都给不了他。孩子只好步行，难免迟到。孩子想迟到吗？不想啊！为此，我给他买了一辆自行车，虽然是二手的，但孩子再也不迟到了，并且很快就和同学们打成一片了，眼睛里也多了几许光亮。

面对孩子出现的各种问题，我总在想，为什么？我想了解他们。唯有如此，才能真正帮助他们。

对于四十五中的老师来讲，如何让孩子们完成家庭作业是更加困扰我们的一大难题，怎么办？我开始了家访之旅。

当我走进这些农民工孩子的家庭时，我被深深地震撼了。

他们的房间大多狭小、阴暗、潮湿，所谓书桌常常只是高低床上的一块木板。他们的父母每天早出晚归，基本无暇顾及孩子的一日三餐。有一个孩子，为了买一套《西游记》省吃俭用了整整 20 天，每天中午靠一块大饼充饥……

每次家访回来，我的心情都会很沉重。我理解了那个抱着学校的柱子，坚决不让我去家访的邱晨辉；理解了和我拉钩上吊约好时间，却偏偏在我准备家访的那天请假不来的梁锦源……他们也有自尊心呀！他们不愿让我看到他们的生存环境，他们担心我会因此而怠慢、鄙薄和轻视他们。

有一次，我去一个小姑娘家，到门口了，孩子怯怯地说，杨老师你等一会儿行吗？10分钟后，孩子邀我进去，虽然有收拾过的痕迹，但家里还是很乱，我有些无言，觉得自己说什么话都显得苍白，犹豫片刻之后，我开始和孩子一起打扫，我告诉她，爸妈太辛苦了，作为孩子要体谅父母，承担家务。之所以这么做，是因为我害怕明天再也看不到孩子和我坦然对视的双眸。

尽管如此，有些孩子的眼睛还是不能再像从前一样可以和我坦然对视了。那是最后一次家访，孩子主动约我前往，一路上我满怀憧憬，因为这是一个漂亮阳光的姑娘，她应该住在非常整洁的小屋里，白色的写字台散发光亮。然而事实却让我震惊。我无法想象，就是在那样一间坐落于马路边上的简陋的小屋里，她的几乎丧失劳动能力的农民工父亲和两个孩子天天在此饮食起居。家访结束，我推着自行车在马路上走了好久。那一夜，我发现自己是如此无力，无力到甚至再也不敢想象去点亮每个孩子的双眸中求知的渴望……

倒是孩子们敏感地体察到了我的心情，他们开始用更认真地笔触书写自己的心曲，用更美丽的文字描绘内心的蓝图。

尽职尽责的课代表张宇娜，在日记里写，从现在开始不胡乱花钱，会尽量积攒下来帮助他人，让世界平添一份美好；被称作“小才女”的任佳钏，把不够漂亮的自己比成陋室，但自信地认为自己“我的陋室迟早有一天也会散发馨香”；爱思考的马德先“想尽自己的微力帮助那些‘坏’学生，和他们一起踏进高中。即便踏进高中有点困难，但在踏进社会的时候，也要带着一身正气……”

看着这些在小木板条上，在爸妈的柜台边，在吃饭的小方桌上，有的甚至是在垫了硬纸板的软软的枕头上写出来的文字，我的心里充满沉甸甸的喜悦……

2019 年 6 月，这些孩子就要毕业了，在这个对我们每个中国人都具有特别意义的重要年份里，我只想把我的 26 名学生观察得再细致一些，了解得再深入一些，帮助得再到位一些，引领得更阳光一些……

我觉得这就是我—— 一名普通的农民工子弟学校的老师，能为这个时代，为我们的祖国，做出的最大贡献。

>> *嘉宾点评* 徐　川

维护自尊，播撒爱心

教之道，在于激发学生崇德向善、心向光明的追求和学无止境、敢于追梦的勇气。作为一位农民工子弟学校的老师，面对的是家境困难、生活艰苦的学生，我们可以感受他们身上力争上进、独立自强的鲜明品格，但也不能忽视他们在素质和性格上存在的问题。演讲者始终把保护学生的自尊放在首位，因材施教，给予学生充分的理解与鼓励，亲近学生、走近学生、了解学生，把爱播撒进学生的心里，为学生擦亮求知的双眼，点燃前进的灯塔。

时代新人——王红旺

>> *人物小传*

王红旺

时代新人说 · 讲演录

•• 男，出生于1980年3月。

•• 中共党员，“土木工程”和“项目管理”双本科学历，BIM项目管理师，中小学二级教师。

•• 曾获“优秀教师”“岗位标兵”“职业能手”“新长征突击手”“时代新人”“向上向善好青年”等荣誉，第二届全国青年运动会火炬手。

•• 经历了无数次坎坷风雨，所有的努力和付出都是为了不辜负这个伟大的时代，不辜负自己热爱的家乡。

不一样的 Teacher Wang

王红旺

我叫王红旺，是一名“80 后”。2016 年，我告别了辛勤耕耘 17 年的三尺讲台，来到尖草坪区重点工程指挥部，从一名人民教师转身成为一名“城建战士”。

从此，我的生活和工作都被“跨界”所颠覆，没有社交，没有寒暑假，我整个人就像从人间蒸发了一样！今天就跟大家分享一个不一样的“王老师”！

第一回——险被退货，跨界转身

记得刚到指挥部时，很多工程都在我们的调度范围之内，任务重，人手少，人们的工作时间几乎都超过了“5+2”“白加黑”。我们像一台台机器，除了停电，就一直转！每天早上都是 7 点多开会，我住在西矿街，干在大柴村，有时误了 6 点的首班车，就得一口气骑车上柴村。晚上几乎每天都是十一二点下班，甚至有时候凌晨回家，我不得不翻过四米高的围墙。

有一次，我不小心摔下来，崴了脚。于是，看门大爷拉着我，带着怀疑的眼神问：“娃子哦，你改行喽？好好的老师不当，半夜翻进来翻出去，做啥子嘛？”

那时候，家人也不理解我，质问：“我就不信！哪个政府7点就上班了？！哪个单位半夜10点还开会？家成旅馆了！”那是一段艰难岁月，我差点儿就被老婆“7天无理由退货了”……

但是，我继续干！带着21天拆完300家商户、7万平米市场的成绩，我先后参与了“八河治理”等多项重点工程。

为了更为专业地指导现场施工，我还努力学习了“土木工程”和“项目管理”的双本科，并拿到了BIM项目管理师证书。我个人也被收录入国家紧缺型人才库。是的，无论年龄多大，在这个奋斗的新时代，只要坚持学习，努力奔跑，你就一定能遇到更好的自己！

第二回——紧急驰援，破解难题

记得去年腊月，园区里有几个项目的征地拆迁遇到了麻烦，我被紧急抽调去驰援！其中，有一商户竟拦住了3个项目的推进。时间紧，任务重，如果再不拿下，所有的重点工程都得停工。事不宜迟，单枪匹马，我上！凭着经验，壮着胆，我接了这趟镖！

拆迁难，难于上青天！当时，很多人劝说：“红旺，你疯了！5年都没谈下来，你去能干什么？”可我并不这么想，我觉得“正义与公平或许会迟到，但绝不会缺席”，既然让我来，我就不能后退半步！

“事虽难，做必成”，第一天下午，我带着团队入村，调案卷、下工地、查现场、澄底子。第二天上午，测量、比对、计算，做到了心中有数。

没有霹雳手段，哪来菩萨心肠。当天下午，我组织精兵强将，请多部门参与，协同配合，给商户摆事实，讲道理。“一把尺子量到底，一个政策讲到底”，从天亮到天黑，经过 8 个多小时的“苦战”，当晚 10 点半，我们最终以合理的评估价与商户签订了协议，为工程的顺利推进赢得了时间。

第三回——不辱使命，无问西东

去年“七一”，我在鲜红的党旗下宣誓成为一名光荣的中国共产党党员。欣喜犹在，8 月 1 日，我便临危受命，接管“创城三指”的工作，我要当好这个指挥官！

刚接手工作，千头万绪，剪不断，理还乱。我常被批得一头雾水。是啊，面对新的战场，应先“谋定”而“后动”，才能把工作干好。

我对照“创城”标准，一项一项过，一条一条看，明确目标，分解任务，在最短的时间内捋顺工作，以最快的执行力扎实推进。

“实”字当头，“干”字为先！工作是干出来的！“创城”是走出来的！因为只有“走”才能发现问题，只有“走”才能解决问题。从南面的尖草坪走到北面的上兰村，从背街小巷走到老旧小区，从河东走到河西，130 条背街小巷，212 座老旧小区，64 个建筑工地，25 条主次干道，33 个公共厕所……我每天刷爆两万步，天天“太原徒步游”！

寒来暑往，在 4 个多月内，我走坏了两双鞋，也走出了实实在在的“创城”之路，省城的多家媒体争相报道尖草坪区的“创城”事迹。

终于，功夫不负有心人，去年年底，2018“创城”首战告捷，完美收官！

那些天，脚虽然被冻了，但我的心里却是暖融融的，因为我实现了自己当初的承诺：不辱使命，无问西东。

第四回——未来之路，不负召唤

敢问路在何方？路在脚下！我将不忘初心，继续前行，为龙城的建设贡献青春和力量！

虽已人到中年，但我仍将不断学习、进步、成长，和年轻人一样，不负新时代的召唤，一起努力奔跑，一起追逐梦想！

我只愿：铅华过后，蓦然回首，可以无悔地说：我的青春真实地存在过，我为大太原拼搏过，奋斗过。足矣！

>> 嘉宾点评

曲建武

新时代的奋斗之歌

“80 后”的王老师用他“天不怕地不怕”的闯劲和韧劲，实现了从人民教师到城建战士的跨界转身；用他“事虽难，做必成”的果敢和信念，挑战了一个又一个的不可能；用他“谋定”而“后动”的气度和沉稳，诠释了拆迁一线指挥官的工作智慧和大将风范；用他凭借双脚走出来的工作经验，书写了一篇年轻党员干部务实、踏实与坚实的实干篇章。习近平总书记指出：社会主义是干出来的，新时代也是干出来的。无数个不一样的王老师，在无数个不一样的工作岗位上，谱写着同一首新时代的奋斗之歌。

时代新人说 · 讲演录

创新

CHUANGXIN

热爱
自信
担当
创新
专业
坚韧
……

时代新人——任　飞

>> 人物小传

任 飞

时代新人说·讲演录

- 男，出生于1980年9月。
- 太原市公安局刑侦支队六大队副大队长兼理化中队长。
- 发明的“地沟油中液质联用仪辣椒碱”检测方法，被国家卫计委确定为地沟油检测法，获得全国公安机关改革创新大赛金奖，成为公安部科技应用推广项目。
- 荣立个人一等功。
- 先后被评为中国人民公安大学食品药品犯罪研究中心研究员、公安部技术革新宣讲团成员、全国刑事技术青年人才、太原市优秀共产党员等。
- 平凡孕育神奇，科技点亮未来。他是用创新书写忠诚的“火锅英雄”。

一剑封喉地沟油

任　飞

（视频展示各种食用油烹制菜品的场面）看到这样的画面，除了美食的诱惑外，你是否担心过，这红彤彤的火锅油到底安全吗？

这么说吧，单靠眼睛谁也无法判断，但我可以很自信地告诉大家，不管是画面里的油还是生活中您家的油，通过我手中这枚小小的试纸都可以检测出来是否含有地沟油。它不是魔法棒，但它能让地沟油立现原形。它虽小，但我给它起了一个响亮的名字“地沟油快检试纸条”。别看它不起眼，为了它的诞生，我用了整整9年时间来研制。

大家好，我叫任飞，是一名刑事技术警察，平常通过毒物分析来侦破疑难案件。由于工作的原因，我亲历过许多用地沟油炼制食用油的现场，那里臭气熏天，苍蝇满天飞。地沟油中含有多种有毒有害物质，其中黄曲霉素的毒性更是砒霜的58倍，但地沟油的检测却是世界难题，因缺乏定性依据，许多犯罪分子逍遥法外。

在一次执行任务中，我们查封了一家涉嫌贩卖地沟油的粮油店，看着成吨的储油罐中流出的褐色的散发着臭味的地沟油，再看看现场外一群嬉笑玩耍的天真小女孩，我突然觉得我们不能只是查封，更重要的是要找到一种检测方法，彻底地对地沟油说“不”！

自此之后，实验室就成了比家更熟悉的地方。白天工作，晚上试验，我成了单位的“钉子户”。我的脑子里一遍遍回想着的是犯罪嫌疑人交代的地沟油炼制工艺，扳着指头数实验室里的十几台仪器到底哪个能“揪”出地沟油……行走坐卧、吃饭洗澡，我无时不想，脑子里只有三个字：地沟油。整个人就像着了魔一样。

我试过用含盐量检测地沟油，失败了；试过用动物基因检测地沟油，失败了；试过用不饱和脂肪酸检测地沟油，失败了；方案四，失败；方案五，失败；第N个方案，还是失败！有时，我真想扔掉试管，大喊一声：“我不干了！”可是一觉醒来，又忍不住开始了试验。我告诉自己，这就好比要打开一把锁，而我的手里有成千上万把钥匙，我得一把一把地试——也许这辈子都打不开，但起码我可以告诉后来者，我试过的，你们不用再试了。

记得有一次吃火锅，朋友说：“你不是在搞个大项目吗？你给咱说说这锅油是不是地沟油？”我苦苦一笑，夹了一块肉狠狠地嚼起来。

哎呀，好麻！我不小心吃了一串绿藤椒。这一麻，突然把我麻醒了——对呀，地沟油都是成规模炼制，主要来自火锅、水煮鱼、麻辣烫这些“重口味”的餐厨废弃用油，如果能从地沟油里检测出调味品会是什么情况呢？这个我怎么没想到呢？这不就能对地沟油“一剑封喉”了吗？

之后，经过上千次的反复试验，调味品辣椒碱终于浮出水面。这辣椒碱仨兄弟，分别叫天然、合成、二氢辣椒素，仨兄弟与地沟油忠贞不渝、不离不弃，无论水洗、土吸、高温、蒸馏，都无法将它们与地沟油分离。而我的实验室恰好有一台仪器叫“液质联用仪”，即使油里面含有一皮克辣椒碱，也就是万亿分之一克，也能检测出来。举个形象的例子，你将一滴辣椒碱滴到一个标准的游泳池里，我也能识别。辣椒碱就是地沟油的身份证，只要找到它，我们就能“揪”出地沟油。

这种方法通过了国家食品安全风险评估中心的验证，被国家卫计委确定为“地沟油检测法”，并向公安部、质监和工商总局等国家十一部委推广使用。在多起公安部督办的地沟油炼制食用油案件中，地沟油检测法起到了关键的证据作用，凭此共抓获犯罪嫌疑人80余人，涉案金额2000余万元。2017年1月，该方法获得了“全国公安机关改革创新大赛”金奖，我荣立个人一等功。

很多人说，任飞，你真幸运，一顿火锅吃出来的灵感成就了你的地沟油检测法。我笑笑，他们不知道为了攻克这个难题，我用了整整9年时间；他们不知道为了找到地沟油的“身份证”——辣椒碱，我长时间地泡实验室，接触有毒试剂，喉咙干疼，有时憋得喘不上气来，整晚整晚难以入睡；他们不知道，我每天试验，早出晚归，看到最多的是孩子熟睡的样子。每当妻子问两岁的宝宝爸爸在哪儿时，孩子就指指我和妻子的结婚照……在宝宝心里，爸爸的定义仅仅是挂在床头的照片。

现在，我终于完成了这枚小小的试纸。这只倾力孵出的“金凤凰”终于飞出实验室，飞入寻常百姓家了！我真正做到了对地沟油“一剑封喉”！

作为警察，我曾特别羡慕能够亲手抓捕罪犯的战友，而我只能苦守实验室。现在我觉得，如果说战友们是屡破奇案的福尔摩斯，那我就是站在他们身后默默支持的华生。实验室里的那一台台仪器就是我手中的钢枪。精一门技术，就多一套打击犯罪的本领；创一种方法，就多一项克敌制胜的手段；破一道难题，就多一种揭露罪恶的方法。

每天下班，我都有些疲惫，但闻着千家万户飘出的烧油烹醋的香味，看着大小饭店里食客们大快朵颐的样子，我都能感受到他们的幸福，而他们的幸福就是我的幸福，就是我的团队的幸福！

>> *嘉宾点评*

蒋昌建

筑起一道食品安全长城

想当警察的人，无一不设想自己身处破案的第一线，在追凶的最前沿。然而任飞却在自己的实验室，一坐就是 9 年，研究涉及人们健康生活的地沟油鉴别问题。这个课题在很多人眼里也许根本不算什么大项目。即使经历无数次失败成功了，相比那些大项目而言也并不令人瞩目。然而，在任飞眼里，保护民众健康，筑起一道防御地沟油重回餐桌的长城，不就是在打造一个平安社会吗？一等功对他来说，只是一个新的开始，实验室里的瓶瓶罐罐，就是他手中的武器。他坚信，科研工作也是克敌制胜的武器，也是遏制罪恶的法宝。

时代新人——韩笑笑

>> 人物小传

韩笑笑

时代新人说 · 讲演录

- 女，出生于 1988 年 6 月。
- 中共党员，硕士研究生。太钢集团山西钢科碳材料有限公司技术员、团总支书记。
- 一直从事碳纤维产业化制备技术研发工作。
- 先后荣获全国钢铁行业“青安杯”竞赛最佳青年安全监督岗岗长（员），第 11 届山西青年五四奖状，省属企业优秀共青团干部，太钢优秀共产党员、“三八红旗手”等荣誉。
- 作为一名“80 后”的科技工作者，为祖国的科技发展贡献青春力量。弯弓征战作男儿，梦里曾经与画眉。

冲破“纤”难万阻，编织黑色传奇

韩笑笑

我叫韩笑笑，来自太钢集团山西钢科碳材料有限公司，是碳纤维研发战线上的一名科研技术人员。

讲述前，我想问大家一个问题：您还记不记得自己在朋友圈发过的哪条信息获得的点赞或评论最多？我想这条信息所描述的故事或者表达的心情一定是您永远忘不掉的记忆。我的微信通讯录有648位好友，我在朋友圈曾经发过一条消息，获得388个赞，246条评论。这是我在朋友圈获得赞誉量最高的一条信息。内容是：“这双握过习大大的手，此生无憾。”2017年6月22日下午，习近平总书记来到钢科公司生产线视察，而这一切都是因为它——碳纤维。

那么碳纤维特别在哪儿呢？它是由碳元素组成的一种特种纤维，在一束4毫米的纤维里有12000根丝，每根丝只有一根头发丝的二十分之一。大家肯定好奇，这么纤细的丝能用来干什么呢？碳纤维强度可以达到钢铁的7—9倍，密度仅为钢铁的四分之一。导弹每减重1公斤，就能多飞行16公里以上，因此碳纤维是国民经济和国防安全的战略物资，广泛用于航天、航空等关键领域，被称为“材料界的黑色黄金”。

由于制造碳纤维的工艺十分复杂、技术难度大，国外一直对我们实行严格的技术封锁和市场垄断。本世纪初，日本、美国加紧对我国碳纤维产品实行禁运，导致我国高端科技领域在使用碳纤维时陷入“断粮”的境地，于是国家开始加大碳纤维研制的投入力度，在碳纤维近 20 年的快速发展历程中，我有幸在 6 年前加入其中。

2013 年 7 月，我研究生毕业，到公司报到的第一天，就傻眼了。钢科公司在远离太原市 30 多公里外的阳曲县城郊区晋驿村，当时还没有现在的阳兴大道，我长途跋涉一个多小时才到达，眼前却是一片荒芜的空地和几间简易房。看到那个场景，我一瞬间有点懵，但却心潮澎湃，今后我将要在这片土地上绘制属于我们的蓝图。让我没想到的是，仅仅 6 年，我们就做到了。6 年中，从门外汉到领跑者，从模仿复制到自主创新，在这片荒芜的空地上，我们拼出了两条世界一流的高端碳纤维生产线。用我们自己的话来说，就是冲破“纤”难万阻，终于看到了碳纤维的纤纤细丝！而这个“纤”字的背后承载了一个个攻坚克难、奋力追梦的故事。下面我就跟大家分享其中的一个小故事。

3 年前，导师让我们部门每人上交一份新产品工艺研究报告，不少于 100 页。天哪，我们所有人都崩溃了！ 100 页，50000 字啊。想当年，我的研究生毕业论文也不过 30000 多字。那两个星期，研发团队几乎疯了，跑现场测算、做电脑分析、再跑现场验证，每个人都忙得团团转，有人干脆把气垫床都支起来了……报告陆陆续续交上去，谁知道“噩梦”才刚刚开始，每一份打回来的报告都爬满了密密麻麻的批注。之后的半年，我们的星期六都被导师承包了，他一一细心指导，细致到每个数据、表格，甚至字体行距都精准无误。

又到了周六的专题报告会，跟往常一样，我们每个人都将修改好的报告向导师一一汇报。在8小时的汇报过程中，导师一反常态，一言不发，等最后一位同事汇报结束，他仍然在沉默，我们像犯错的小孩等待宣判一样，全都低着头不敢看导师。漫长的10分钟后，导师嘴中蹦出两个字：通过！现场爆发出一阵欢呼声。历时半年，数千页的报告终于成型了！

那天，导师一直坐在那把椅子上。会议结束后，他催促我们早点回去休息。大家陆陆续续地走了，就在关门的瞬间，我看到导师眉头紧锁，豆大的汗珠直往下掉。他用胳膊肘强撑着想要站起来，却怎么也站不起来。我泪流满面。

在导师的身上，我看到了科研工作者的严谨态度与忘我精神。多少年来，无数的科研人员前赴后继，忘我献身，耐得住寂寞，守得住清贫，只为实现自己的科研梦想！陈景润用一生求证一道数学题，屠呦呦倾其一生研制青蒿素……还有无数的科研人员在不知结果的探索中默默坚持。习近平总书记说“要把论文写在大地上”，6年间，我们就是一个字一个字地把碳纤维写在曾经荒芜的土地上。2017年6月22日，习近平总书记来到了钢科公司，给予我们光荣和温暖——这是鼓舞、是鞭策，是责任、是使命。“奋起直追，迎头赶上”，习近平总书记的嘱托，必将激励我们迎来太钢碳纤维、山西碳纤维、中国碳纤维更加辉煌的明天。

>>嘉宾点评

张 坤

“纤”字背后沉甸甸

一根小小的碳纤维，在匠心独运的手中，化腐朽为神奇，真正地做到了此生无悔，此心无憾。

“纤”字背后，承载了一个个攻坚克难、奋力追梦的沉甸甸的故事。

这一份沉甸甸，是6年多日日夜夜奋斗的沉淀与厚积薄发，在一片荒芜空地，拼出了世界一流。这一份沉甸甸，还是接力传承那份责任的沉重，在导师严谨忘我精神的影响下，一字一字在荒芜大地上写出了“奋起直追，迎头赶上”。

小小的“纤”，大大的“人”。

时代新人——樊志勤

>> 人物小传

樊志勤

时代新人说 · 讲演录

- 男，出生于1979年4月。
- 中共党员，太原重型机械集团公司焊接技术培训中心高级技师、国际焊接技师。
- 先后被授予“全国五一劳动奖章”“全国技术能手”“中国好人”“三晋工匠”年度人物、“山西省道德模范”等荣誉称号。
- 享受国务院和山西省政府特殊津贴。
- 他用焊枪焊出了自己的精彩，为民族工业争了一口气。

“焊”出精彩

樊志勤

3、2、1，点火！大家好，我叫樊志勤。说句心里话，今天再次看到这样的场景，内心的激动依然难以抑制。这是2011年“神舟八号”飞船发射的场景。大家一定想不到，就在这座发射塔架上有我的心血。

那是2011年10月的一天，我接到领导的电话：“小樊，你现在马上到酒泉卫星发射基地，处理发射塔架的问题。”当我第一时间赶到基地时，迎接我的是无数双焦急的眼神。这么着急，肯定是硬任务！果然，现场负责人告诉我，塔架翻板突然开裂，如不及时抢修，飞船将无法正常发射。而此时距离“神舟八号”飞船发射的窗口期只剩下十几天，为此，要求我必须在3天内找到问题并处理，同时对整座塔架进行拉网式检查和修复，只能成功，不准失败。

面对如此急难险重的任务，我顾不上多想，立即爬到70多米高的塔架上，仔细检查开裂的翻板，发现只有把翻板的十几个铰链焊接成同轴同心，才能解决正常打开的问题，而让十几个铰链“一条心”，内行人都知道，难度非常大，正常操作时间至少要五六天。为了抢时间，那几天，我每天都要连续工作十五六个小时，也就是说，每天要蹲着工作，十五六个小时保持同一个姿势。记得，当时戈壁滩的最低温度已至0℃左右，塔架上的风速有六七级，但我感觉不到现场的气温有多低，风速有多大。我的心中只有一个信念：必须按时地保质保量地完成任务。3 天后，当我走下塔架的那一刻，看到的是无数双赞许的眼睛，此时的我十分激动，但想要笑得时候才发现，脸已经僵了。

发射那天，我守在电视机前看直播。飞船圆满升空，我内心的兴奋感和荣誉感难以言表。

回想，当初选择做一名焊工，原因很简单，家里人和我都觉得这是一个技术活，好就业，收入高。19 岁的我，第一次拿起送丝机和焊枪的时候，才发现现实和想象的差距太大了。首先，这套工具太沉了，将近四五十斤，而要焊的东西，太庞大了，因为我们“太重”制造的都是大型机械设备，钢板有百十毫米厚，一个部件小则十几吨，大的要上百吨。我再看看身边的老师傅们，他们拎起焊枪工作的时候却是那么自如。我悄悄地问师傅：“师傅，要想成为高级工匠得多长时间？”师傅看了看我，笑了笑，说：“小伙子，神枪手是子弹喂出来的，好焊工是焊条烧出来的，你就好好烧吧。”听了师傅的话我暗下决心：“我要当个好焊工，必须练好基本功。”为了保持操作的“稳定性”，我在家里练习“蹲”功，双腿保持一个姿势不动，右手拿一个盛满水的杯子，模仿焊接时焊枪的动作，还不能让一滴水洒出来。为了送丝流畅自如，就连吃饭的时候，我都拿着筷子练习送丝的手法……在单位，一有空，我就拿起焊枪，在废钢板上练习焊接技巧，一练又是好几个小时。我的眼睛几乎每天都是红的，飞溅的火星钻进衣服里，前胸后背、脖子手臂被烫起一个个水泡，即使这样，我依然强忍疼痛，继续埋头练习。

3 年后，当我把焊缝焊成笔直的鱼鳞纹时，心里那个美——这时我才发现焊缝原来还可以成为精美的艺术品。当别人捂眼绕道而走时，我却可以透过黑玻璃看到那耀眼绚丽的星光。没有哪一滴汗水会白流，2012 年，樊志勤工作室正式成立。那一刻，我知道这意味着我将迎接新的挑战，攻克更多难关。

“太重”研发生产的中国名牌产品，其中有一个部件，原生产工艺材料消耗严重，成本居高不下。我们想学习国外先进技术，人家不仅不让学，甚至连看都不让看，核心技术就更别提了。为了破解这个瓶颈，我们工作室主动请缨，大家憋着一股劲：外国人能够掌握的技术，中国人一定也可以！经过钻研探索，我们另辟蹊径，创造了一套新的连接工艺法，不仅填补了国内的技术空白，而且达到了国际领先水平，使成本降低了 56% 左右。仅此一项，我们每年就可为企业节约成本 1300 余万元。现在，这项技术我只能用“某”来代替，因为国外的公司正想着法儿向我们“学习”。大家特别自豪，高兴地说，我们焊出了自己的精彩，为民族工业争了一口气！

作为制造业的命脉，纵观中国的焊接史，从潘际銮院士 1952 年创办焊接专业至今也就几十年，但在您熟知的航天、航母、核电、高铁等领域，一代一代的焊接人却在不断创造着一项又一项奇迹。在不远的未来，我们要继续通过手中的焊枪，通过这一根根焊丝，创造出更多的“某”，让我们国家的民族工业蒸蒸日上，让制造大国真正成为制造强国，让中华民族的伟大复兴早日实现！

>>嘉宾点评

蒋昌建

坚持从哪里来

人们说，兴趣是最好的老师。有了兴趣，再苦的活，都愿意学习，也愿意坚持。坚持一天容易，坚持一月容易，坚持一年，恐怕就没那么容易了。而樊志勤在枯燥的焊接岗位上，一坚持就是10多年，将宝贵的青春，都献给了焊接事业。因此，除了兴趣之外，一定还有一种力量在驱动着他，在我看来，这种力量就是成就感。从参与卫星发射塔架保障任务，到樊志勤工作室成立；从将焊缝焊成笔直的鱼尾纹到创造具有国际水准的焊接工艺……这些成就都是樊志勤坚守焊接岗位，创造性地攀登焊接技术高峰，以焊接技术报效祖国的强大动力。

时代新人——魏　星

>> 人物小传

魏 星

时代新人说 · 讲演录

- 男，出生于 1981 年 2 月。
- 现任山西聚星辰制动科技有限公司董事长，山西远东宝环保科技有限公司总经理。
- 太原市“时代新人”，“三晋英才”拔尖骨干人才，曾荣获中国创新创业大赛优秀奖、创新奖等奖项，被选为第二届全国青年运动会太原市火炬手。
- 秉持“科技改变生活、科技成就未来”的信念，不忘初心，牢记使命。

坚守信念，为梦想奋斗

魏　星

大家好，我叫魏星，来自山西远东宝科技公司，是汽车制动高性能真空助力器项目的创始人。（放《速度与激情》的音乐）听，这是《速度与激情7》的主题曲，为纪念主演保罗·沃克的离世而创作。保罗·沃克的意外是因开车超速导致的，所以不管是谁，只要发生车祸，结局都是惨烈的。每当看到被车祸毁得体无完肤的汽车，我总是想，自己能不能发明个东西减少车祸的发生呢？这个想法伴随我至今，逐渐成为我人生的梦想，成为我事业的催化剂。

我的父亲开了一家汽车维修厂，从小我就和汽车结了缘。当别的孩子还在玩玩具车的时候，真正的吉普、桑塔纳等汽车就已经是我的“玩伴”了。对车的种类、名称、结构以及各种配件，我都比较熟悉，我也早早学会了开车。那时候，年轻气盛，很想开车、飙车，风驰电掣的感觉特别过瘾。但是在经历了速度与激情回到修理厂后，看着正在被大修的汽车，我就会有一丝后怕。父亲有个特点，修车的同时会做记录，会研究每一辆车发生事故的原因。跟着父亲，我也不知不觉地开始琢磨。就是在澳大利亚留学的8年里，我也没离开过汽修厂。我懂得多，没事就去汽修厂待着，其间见到的车就更多了，感觉不管是中国还是外国，只要是车祸，都与刹车有关，于是，我就跟父亲说，我要研究汽车的刹车系统。当时家人和朋友都不理解，他们认为我又回到小修理厂，还要搞发明，这简直是疯了！不过，我只要认定一个目标，就会全力以赴往前冲。我开始静下心来，对汽车的刹车系统进行研究。我把父亲十几年记录的几十本修车资料全部学习了一遍，常常连着好多天待在修理厂。其间，我发现汽车的刹车系统是有很大提升空间的。为此，我又开始从汽车的制动方面进行研发。14 年来，我每天都做同样的事情，研究技术、测试失败、寻找问题、解决问题，再尝试、再失败、再解决、再……我坚信，一定会研发出一个对自己、对社会、对国家有用处的好产品。“不忘初心，砥砺前行”，我一直在努力。

今天说起来就这么几句话，但做起来真不容易。我们家在 20 世纪 90 年代初期就有了自己的汽修厂，家底殷实，但研发需要大量的资金投入，而我的研发持续了十几年，父亲不得不把自己多年的积蓄和汽修厂的利润全部投入进来。研发越深入，投入的资金越多，就这样，后来家里不得不通过变卖房产、进行银行贷款等途径来筹措资金，甚至向亲朋好友借钱。一直以来，除父亲外，其他人对我的研发都不支持。他们不理解，家里明明不缺钱，有房有车不愁吃穿，为什么要把这么多钱都投入到刹车系统的研发中去，而且很多年过去了，也没什么成就。面对这些质疑，刚开始我还尝试解释，但时间久了，我也就干脆不把他们的话放在心上了。真正放在心上的是研发所需要的知识储备。我没有学过汽车专业，所有的知识都来自实践，要解决这些问题就得恶补理论，于是，我带着问题回家，看完书经常就到凌晨两三点了。渐渐地，我的研究一点一点有了眉目，很多人问我这个过程是不是一种煎熬？我说不是，我把它比成小火慢炖，突突而起的一个个小泡就是希望，这些希望终于变成了现实——汽车高性能真空助力器研发成功了！产品经国家汽车检测中心检测，大大优于国标，在刹车方面改变了现有产品的不足，使汽车的刹车安全性得到了很大的提高。

我记得当时我们将测试报告拿到国家汽车检测中心，检测中心的人看了之后不相信这项发明出自两个非专业人员。国内汽车制动专家称，汽车制动高性能真空助力器大大降低了事故发生率，有效保障了司乘人员的生命安全。他们说："该产品能够提高人民生活水平，改善人民生活环境，对社会的进步起到推动作用，社会效益不言而喻。也使我国在汽车核心零部件上拥有了自主知识产权的一席之地。"

专利获准后，包括国外大的车企都曾要求购买专利，日本和德国也有公司想购买我的专利，我都拒绝了。父亲和我没有别的爱好，就是喜欢汽车，辛辛苦苦研究这么久，不能把发明专利说卖就卖了。我们要让这一创新技术在当地落户，在国内落户；让这一产品造福当地，造福中国，造福人类。

今天，很多人惊讶我的成功，只有我知道自己走过的路是怎样的。研发过程中的每一步，我都不懈怠，不放弃。最后，用我很喜欢的《流浪地球》中的一句话结尾，"道路千万条，安全第一条"，在此，希望每一位驾驶员平安行驶，快乐生活！

>> 嘉宾点评

祝灵君

不忘初心担使命

不忘初心担使命，立足时代勇创新。理想信念是一个人的灵魂，也是重要的精神支柱，能够产生强大的动力，激励我们向着梦想不懈奋斗。魏星的人生目标是减少车祸，为更多的人带来幸福；理想信念是坚定地做对自己、对社会、对国家有用处的好产品。不忘初心，立足人民需求，做科技兴国的推动者；不忘初心，克服困难，做艰苦奋斗的创业者；不忘初心，勇于超越，做自主创新的实践者……魏星用行动诠释着新时代追梦人的责任与担当。

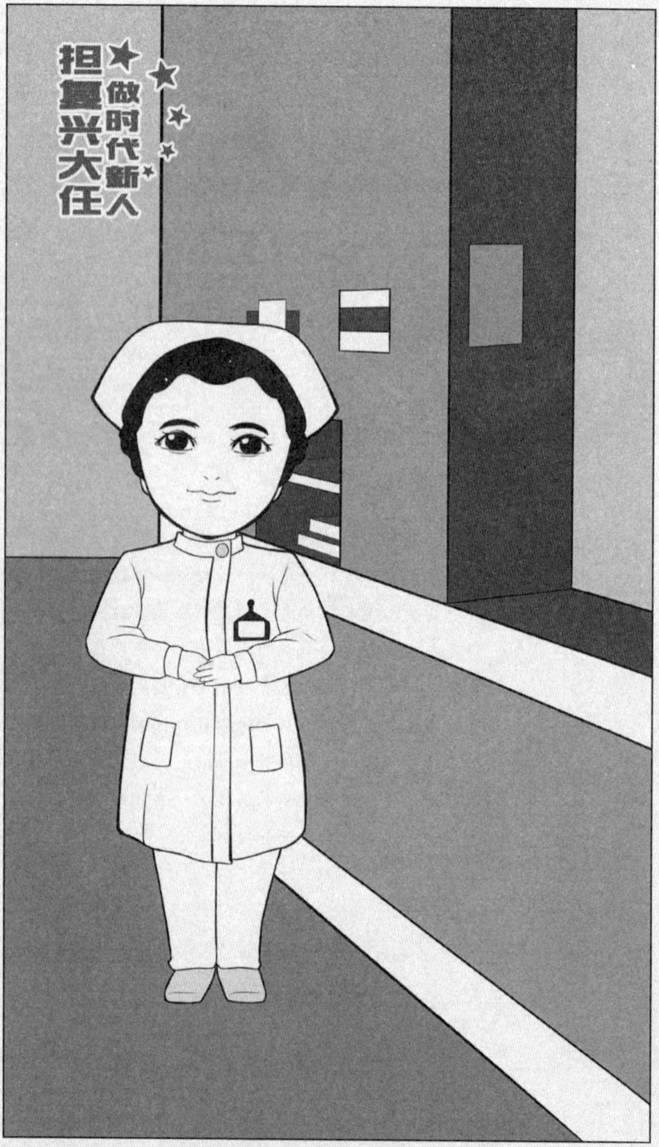

时代新人——赵　璐

>> 人物小传

赵璐

- 女，出生于 1988 年 7 月。
- 护理专业硕士研究生毕业，太原市中心医院胃肠外科主管护师。
- 先后荣获第五届全国医院品管圈大赛二等奖、第三届山西省丽珠杯医院品管圈大赛二等奖、山西省优秀圈长。
- 荣获第四届中国护理质量大会“护理质量提灯奖——推荐奖”，质量改善项目“基于快速康复外科理念降低患者腹部手术后活动性疼痛 NRS 评分”被收录到《第四届中国护理质量大会质量改善项目集》。
- 获得腹带、腹股沟疝内裤 2 项实用型专利证书。
- 荣获“时代新人优秀宣讲者”称号，荣登太原市“时代新人榜”。
- 以患者为中心，以减轻疼痛为目标，她是勇于创新的“护三代”。

别了，疼痛君

赵　璐

大家好！每一个人都有过手被划破的情况吧，通常此时，我们会干什么？消毒，对吗？当酒精棉棒擦过伤口的一刹那，“嘶——”，疼吧？想想都疼。那么试想一个人刚刚做完大手术后，就算不擦酒精，那种活动一下伤口的皮肉就互相揪扯的疼痛该是酒精擦伤口所产生的疼痛的好几十倍吧。

我这么问，是因为我是一名护士，在医院里我见到太多被疼痛折磨的病人。他们喊啊、叫啊，悲伤弥漫在整个走廊里，但第一次让我感同身受的场景是8年前奶奶做双膝关节置换术之后。

我的奶奶别看上了年纪，但是精明能干，坚定果敢，家里家外都是“一把手”，在人前更是从不表现自己的脆弱，俗称“女强人”。可是做了手术以后，她却像变了一个人似的，时而大喊大叫，骂儿女不孝；时而大哭大闹，撕扯着衣服，说疼得不行，腿也不想要了，像个无助的孩子。当时我也是个孩子，除了害怕和心疼，无法帮助奶奶。

奶奶曾是一名护士，妈妈也是。正是因为我们祖孙三代都是护士，曾亲眼见过身边的亲人、朋友痛苦绝望的样子，因此我在考大学时，坚定地选择了护理专业，并且读到硕士研究生毕业。毕业以后，我毅然决然地选择了临床一线，到现在，不知不觉已有5个年头了。虽然在医院里，我每天穿着圣洁的白衣，履行着救死扶伤、解除病人痛苦的职责，但是病魔对患者却从不心慈手软：撕裂的缝线、化脓的伤口，让病人每活动一下都疼痛难忍。看着一个个生动的面孔因为疼痛而变得面目全非，我不是麻木，而是难受啊。

我能为他们做什么？我一遍一遍地问自己。我想要解除他们的痛苦，我相信我能做得到！于是，我开始关注疼痛方面的治疗与护理。

2015年年底，我被调到普外一科。在这里，我看到了更多因外伤或手术引起疼痛的患者。

记得那天，我去巡视病房，远远地就听见8床的病房里吵吵闹闹，像炸开了锅，我赶紧推开门，只见王奶奶蜷缩在床上，痛苦地呻吟着，儿子和女儿围在身边，急得像热锅上的蚂蚁。这边，儿子搓着手说："妈，你忍忍。"那边，女儿抹着泪说："妈，实在忍不住咱就打杜冷丁吧，我现在就去找大夫。"我赶紧快步走到床前，还没等开口，王奶奶就一把攥住我的手，特别使劲地攥着，像抓住一根救命稻草似的，说："闺女，疼啊，真疼啊，实在是太疼了。"我永远不会忘记病床上那分不清是被汗水还是泪水浸湿的枕头，永远不会忘记她白蓝相间的病号服因为来回翻滚而变得皱皱巴巴，更不会忘记她用布满血丝的眼睛看我时的那种无助和哀求。

我一定得做点什么，即使不能完全解除他们的痛苦，但能减轻一点儿也是好的！终于，2016年年初，院里成立了由我任组长，外科医生、护士、麻醉师任组员的多学科疼痛管理小组，开展了"减轻患者腹部手术后活动性疼痛"的品质管理工作。

为了针对轻、中、重度的活动性疼痛给予相应的处理方案，我一次次查阅文献，与专家进行访谈。在这个过程中，我吃了不少闭门羹，发出去的邮件也大多没人回应，得到最多的答复是：“你个小护士，好好打针输液就行了，这不是你该干的。”每当这时，我就特别委屈，可我不愿放弃，不愿辜负大家的期望。每次，我都大哭一场，擦干眼泪，重新开始。

腹部手术后疼痛的最大原因是伤口牵拉，使用腹带能减轻疼痛，但是常规腹带躺着紧，坐起来松，一松伤口就更疼了。于是，我想到用网格状气囊缝制在腹带内侧，通过打气，自主调节腹带松紧。起初，我自绘图纸，与缝纫师父一起缝制样品，在自己身上做实验，同事还笑话我把自己包得像个粽子，后来，大伙儿见我如此执着，也纷纷出谋划策。经患者使用，网格状气囊效果良好。为了使更多的患者能减轻疼痛，我还申请了专利。

与此同时，捷报频传：这项发明获全国品管圈大赛二等奖；第四届中国护理质量大会“提灯奖——推荐奖”——这可是全国护理质量管理的最高奖项。

现在，每当我走入病房指导患者活动时，再也不用说：“忍忍吧。”我会略微骄傲地问：“不疼吧？”为患者减轻疼痛，是一件让人如此开心的事！

今年，我整整 30 岁，有幸成长在改革创新的新时代，以昂扬奋发的姿态，在护理的道路上前进。未来，我想用春风般的微笑和话语去温暖每一颗受伤的心，用自己的知识寻找每一个减轻患者疼痛的护理方法。愿健康的阳光笼罩每一个鲜活的生命，愿有一天我能大声地说：“永别了，疼痛君！”

>> 嘉宾点评　**张　璐**

她就是南丁格尔

“你个小护士，好好打针输液就行了，这不是你该干的”——对于护士这个职业，大家的看法可能和说这句话的人一样。怎么护士还能申请专利？但赵璐，一个30岁的护士，做到了！不是每一个护士都能得南丁格尔奖，但对每一个因为赵璐而减轻疼痛的患者来讲，她就是南丁格尔。

奶奶是护士，妈妈是护士，自己也是护士，三代人和祖国一起成长！“别了，疼痛君”，在这里，我看到了血脉传承中，新一代护士的热爱、自信和担当！

时代新人——邓 昕

>> 人物小传

邓 昕

时代新人说 · 讲演录

- 女，出生于1990年1月。
- 太原市阳曲县七峰山种养殖有限公司总经理。
- 多年来致力于羊驼养殖和羊驼后续产品的开发。
- 获得“三晋英才”“时代新人”“向上向善好青年”“脱贫先锋”等荣誉称号。
- 她把梦想做成事业，助力百姓脱贫致富。

我和羊驼的故事

邓　昕

大家好，你们知道这是什么动物吗？这就是被网友戏称为神兽的羊驼。我第一次见到羊驼还是2010年在澳大利亚留学的时候，当时，一大一小两只羊驼傻傻地站着，我忍不住去抚摸它们，那种柔软的触感，我永远忘不了。我毫不犹豫地买了羊驼毛做的泰迪小熊，没想到就是这个玩具在我的心中种下了关于羊驼的梦想。

我叫邓昕，15岁留学澳大利亚，23岁大学毕业回到国内，是一名“90后”创业者。现在，我拥有一家养殖公司，有1000只羊驼。今天我就讲讲我与羊驼的故事。

我之所以选择羊驼养殖这样的特色产业，是因为看到了改革开放带给农企的新机遇。政府对羊驼养殖也给予了很多政策支持，这更增强了我养殖羊驼的信心。

创业的艰辛只有自己知道，我硬是把自己磨砺成了一名女汉子。我将羊驼养殖场选址在阳曲县，建场之初，光平整土地就要花掉大笔资金，我每天都要经历风吹日晒，肤白貌美根本不用想，我那时最大的幸福就是能够自由喝水，放心如厕。羊驼场的工地一片荒凉，离最近的村子也有好几公里，我不能总是在施工间隙跑那么远去上厕所吧？于是，我只好忍住不喝水，因此练就了整个白天只在中午吃饭时上一次厕所的本事。至今我都忘不了，场圈刚建好我买回坐便器时的兴奋，我感到自己的眼眶都湿润了！一个月来上厕所的痛苦终于可以解决了！奋斗的幸福，就是这么简单。

羊驼场建好后，喂养成本高又成了摆在我面前的难题。因为缺乏养殖经验，急于节省成本的我把苜蓿饲料换成了青贮饲料，导致出生的小羊驼，完全没有之前的健壮，生下来不是软得站不起来，就是没几天就夭折了。我赶紧联系农大的老师来看，原来，苜蓿的蛋白含量远高于青贮饲料，这使得小羊驼成活率很低。看着羊驼妈妈用鼻子拱着瘫软的小羊驼悲伤地哼叫，我一句话也说不出来。回到家，我抱着老爸放声大哭："爸，对不起，我没管理好，小羊驼都死了！"父亲却说："没关系，这就是一点儿小挫折。记住，吃一堑才能长一智。"是啊，确实是这样。我擦干眼泪，又回到养殖场，和技术人员一起用最快最好的办法解决问题！

羊驼养殖此前在国内很少有报道，技术难度大且无经验可循。针对此事，我拜访了国外许多专家，邀请他们来现场指导培训，我和工人们根据专家的意见，结合实际情况深入讨论，改革原有的精料配比，改良现有草场，种植苜蓿草，调整放牧区域和时间，保证羊驼可以更加健康地成长。我还长期扎根山上，和工人们一起将羊驼进行分类，合理规划，实行淘汰制，力争将羊驼的出生率控制在80%以上。此外，我和兽医及技术人员对国内兽药和疫苗的使用也进行了研究，探索用量、用法，在实践中解决了许多国际性的难题，得到了山西农业大学及羊驼产业联合会专家的肯定。

就这样，在后来的养殖过程中，我综合各种经验，科学养殖羊驼，经过 4 年多的发展，养殖规模不断扩大，现已有 1000 余只羊驼，小羊驼销往全国 20 余个省市。8 个贫困村的乡亲们每年从企业的 80 万元分红中受益，200 多名村民由于为企业提供饲料而增收，100 多位乡亲不必进城打工，在我这里就可以工作挣钱。

虽然羊驼产业前景广阔，但我也很看重环境效益。可能是在澳洲待久了，看到当地畜牧业的粗放式经营给自然环境造成的破坏，我感到很震惊，这与我印象中的养殖业大相径庭。我挑选养殖羊驼，首先看重的就是它对环境的保护作用。羊驼本身不啃食草根，不会破坏草地；此外，羊驼粪易于清理且养分丰富，基地的大棚种植可以直接利用羊驼粪来改良土壤，在避免废物污染的同时还可以为种植业提供助力。我通过自己的努力改变着环境污染的现状。

随着美丽乡村建设的不断推进，农村已经成为城里人休闲度假的好去处。我想将羊驼养殖与休闲旅游相结合，走一条特色养殖带动特色旅游的路子。现在，我就向大家发出邀请：请来阳曲县杨兴乡我的养殖基地来做客，这里有可爱呆萌的羊驼，有丰硕甜美的果实，还有独具特色的蒙古包……

改革开放40年，我们的农业养殖发生了翻天覆地的变化，现代化、机械化程度逐步提高。我的羊驼养殖，采用的就是规模化、标准化、科学化的养殖模式，有多种优势特色品牌和产品附加值；而且，“互联网 +”的模式更是给我的羊驼养殖带来了丰富的生产和消费渠道，让整个过程更加信息化、产业化、科学化。

2017年10月18日，党的十九大提出了乡村振兴战略。“三农”发展的宏伟蓝图，让我这样的农村创业者兴奋不已——新时代的美好征程刚刚开始，我们的奋斗正逢其时！

>>嘉宾点评 詹国枢

我与羊驼共成长

邓昕的故事，让我看到了一幅美丽的图卷：养殖场里，一位秀丽的中国姑娘，正带领一群呆萌的澳大利亚羊驼，与它们一起嬉闹，一起奔跑，一起玩耍，一起抬头仰望蓝天，做着一个个美丽的梦……没错，这些美丽的梦，是邓昕跟她的成百上千只羊驼一起完成的！可以说，是邓昕成就了澳大利亚羊驼在异国他乡繁育成长的梦；也可以说，是澳大利亚羊驼成就了邓昕在自己的家乡带领乡亲们勤劳致富的梦！祝福邓昕，祝福她的澳大利亚羊驼伙伴们！你们的梦，必将汇聚成中华民族伟大复兴的中国梦！

时代新人——戴利宝

>> 人物小传

戴利宝

•• 男，出生于1988年5月。

•• 山西首家餐饮品牌孵化基地，担任公司董事长。主要经营25个餐饮品牌，进行全国招商加盟；100余种特色小吃技术培训。

•• 当选太谷县第十届政协委员，荣获第三届山西杰出青年创业奖、第五届创青春大赛成长组一等奖，担任中国中餐业特级评委。

•• 武警退伍军人，白手创业起家，一步一个脚印才能走好每一步路。

一个“愣小子”的孵化梦想

戴利宝

大家都吃过麻辣烫吧！我只要尝过一种麻辣烫，就能做出与它口味相同的麻辣烫来，因为我吃过500多家麻辣烫，对麻辣烫太熟悉了！麻辣烫成就了我。我叫戴利宝，是晋烁餐饮品牌孵化基地的创始人。

2012年，一碗麻辣烫最贵也就五六块钱，开一家麻辣烫店花两三万足够了，但我却花十几万开了一家麻辣烫店。那时，所有人都在问同样的问题：花十几万开麻辣烫店是不是太愣了？

对，我就是一个认准一条道儿就要走到底的“愣小子”。

我是太谷县桑梓村人，一个地地道道的农村人，也是一名退伍军人。我干过保安、摆过地摊、当过司机。2012年，我看到麻辣烫非常火，就想用打工攒下的4万块钱开家麻辣烫店。那时的麻辣烫店一般是什么情况呢？环境脏、乱、差，汤里放各种添加剂、飘香剂……我就想，我绝对不开这样的店，我要开一个让大家吃着放心的麻辣烫店！

就这样，我一个猛子扎下去，光房租就花掉38000元，手里只有2000元了！当时家里并不富裕，还有债务。店铺的装修是表哥做的，水电是自己改的，灯也是自己装的……有人说，你将就一下，先开了店再说不行吗？可我这人就是这么愣，要么不做，要做就做到最好，“将就”二字在我这里行不通。就这样，我又借了十几万的外债。我算了算，如果生意赔了，我要在太谷玛钢厂不吃不喝地打工两年才能还清。

没想到，刚开始一天也就卖个两三百块，我不知哪里出了问题，赶紧去成都、北京、东北等地学习。那段时间，我见到麻辣烫就吃，最后选定了一家，花 8000 元学了新技术，同时又把自选的模式引入店里，并且始终坚持最初的想法，坚决不使用任何添加剂。

从此，店里的生意慢慢好起来了，营业额从每天 1000 元到 2000 元，再到 3000 元……我陆陆续续在太谷开了 4 家店，但以后的路应该怎么走，我心里也没谱。后来高人指点我，要做大就要走品牌化路子，但是要打响品牌首先得有商标。当时，麻辣烫品牌有很多，如串串阿姨、串串兄弟等。于是，我想那我就叫“串串家园”吧，这样更像一个品牌。紧接着，我又将产品进行了技术升级、标准量化，将店铺进行了崭新的装修……

2014 年，陆续有人加盟我的麻辣烫店了。那一年，60 多个加盟店诞生了。

那一年，我一个人在车上吃、车上睡，不是没钱住宾馆，是没时间！我从来就没怕过什么，总是一副天不怕地不怕的愣劲儿，但是，有一次，我真的害怕了。那年冬季的一天，我去河北开店，天下大雪，高速路上发生了车毁人亡的交通事故，被封了。我在一个荒郊野外的路口下了高速，在出口不能停留、导航也没有标识的情况下，我只能硬着头皮往前开。晚上 12 点，漫天大雪，荒郊野岭，手机没信号，为了省油不敢开空调……就这样，我冒雪开了 3 个小时，看到远处灯光的时候，差点哭了出来。那时我就想，如果车开到半路没油了，如果车困在大雪里出不来了，如果那两起交通事故发生在我自己身上……该怎么办？我觉得我需要组建一个团队了，我需要带出一个能跟我一起做事的团队。

就这样，我拥有了自己的团队。此后，我又开始琢磨了：当初创业时很多人帮我，我要用自己这些年摸爬滚打得到的经验去帮助那些想创业的人，我走过的弯路不能让他们再走，我吃过的亏不能让他们再吃！

2016 年年底，我们开始商量成立"晋烁餐饮品牌孵化基地"，帮助那些想创业却又没有项目、没有经验、不会经营的人实现梦想，此前，山西一直没有餐饮类型的孵化基地。其实，我们不做这事儿，小日子也能过得有滋有味；可如果做赔了，很有可能一下回到原点，总之，梦想很美，风险却很大！

"干，大不了回老家继续卖麻辣烫！"我的愣劲儿又来了！这次，我一下子投资 300 多万，建成了一个拥有 25 个餐饮品牌、1500 平方米的创业基地。2017 年，创业基地正式投入运营。

现在，我们在全国各地拥有 400 多家加盟店，我们的未来绝不仅仅是麻辣烫。我们还要将山西的特色小吃和本土品牌，推向全国，推向世界；我要把我们的店开到东南亚、北美洲……我坚信：小餐饮也可以承载大梦想！

我的这股子愣劲儿就是不将就、坚守品质的立场；

我的这股子愣劲儿就是不放弃、走到底的精神；

我的这股子愣劲儿就是敢创新、当第一的决心！

我相信未来的我还会一直愣下去，用这股子愣劲儿带领更多的人实现创业梦想；用这股子愣劲儿推动行业走向更新更高的领域，做一个改革创新、奋发有为的时代新人！

>>嘉宾点评 杨 禹

新时代需要“愣小子”

一直在说自己“愣”的小戴，其实一点儿都不“愣”。他一起步就决心开个环境好的、坚决不使用任何添加剂的店。他发现了问题，就马上去学习，舍得在学习上投钱。他打造品牌，打造团队，打造帮助更多人创业的孵化平台……“愣小子”做的每一个动作都不“愣”，都符合时代要求，法治要求，市场要求，创业规律。他说的“愣”，其实是一种执着，一份坚定。新时代，需要更多这样的“愣小子”；新时代，需要让更多的人和他一起“愣”起来；新时代，需要理解“愣”、包容“愣”、支持“愣”的机制和氛围。

专业

ZHUANYE

热爱
自信
担当
创新
专业
坚韧
……

时代新人——张博君

>> 人物小传

张博君

时代新人说 · 讲演录

- 男，出生于 1984 年 9 月。
- 中共党员，本科学历。现任中铁大桥局第七工程有限公司工程师。
- 近年来先后被评为中铁大桥局七公司“优秀共产党员”“宣传工作先进个人”“优秀工会工作者”等。
- 获得太原市“时代新人说”第二季最佳讲述者荣誉称号。
- 荣登太原市“时代新人榜”，被选为第二届全国青年运动会火炬手等。
- 作为一名“桥三代”，他是新时代的筑城工匠、新太原的建设者。

追求“零误差”的“桥三代”

张博君

我叫张博君，来自太原市住建局中铁大桥局七公司。今天我给大家讲一个“桥三代”的故事。

要说起与桥的渊源，那得追溯到我的爷爷——新中国第一代大桥人。小时候，我常听爷爷说：我是做技术工作的，跟数据打交道，一定要敬畏质量，坚守底线！

1955 年，爷爷参与修建武汉长江大桥，那时修建长江大桥是中华民族几千年的梦想啊，作为长江上的第一座桥，必须确保百年品质。当时，任潜水师的爷爷在一次检查中发现，引桥有个桥墩偏离设计 1.7 厘米。大家看，1.7 厘米就这么点儿。但爷爷立刻上报，当局决定：马上停工，将这个墩子炸掉重建！由于第一代建桥人严谨的工作精神，武汉长江大桥成为一个传奇，通车 61 年，历经 4 次特大洪水、88 次轮船碰撞，至今仍然坚如磐石。

我的父亲叫张建桥，是一名桥梁工程师。父亲是在爷爷参与建设南京长江大桥时出生的，爷爷希望他子承父业，继续为新中国的桥梁事业做贡献，所以取名“建桥”。您可能想不到——太原的南中环桥就是父亲与同事们在 2008 年修建的。

2013 年，带着爷爷一生对桥梁事业的挚爱和父亲曾经修建南中环桥时难忘的记忆，我也踏上了太原这块神秘而又充满期待的土地。

来到太原之后，我作为骨干参与修建了世界首座对称五拱反对称五跨非对称斜拉索桥——北中环桥和太原首座独塔空间扭索面斜拉桥——摄乐桥。这两座桥的施工难度非常大，正常工期需要两到三年。当时市政府要求两座大桥当年开工、当年通车，为了实现这一目标，我们提出了“吃三睡六干十五”的太原精神。也就是说每天吃饭 3 小时，睡觉 6 小时，剩余的 15 小时都用在施工上。3800 多名建设者实行 24 小时轮班作业，经过 200 多个昼夜，北中环桥和摄乐桥当年便竣工通车，创造了国内同类型桥梁施工最快的纪录。

施工难度大，工期紧，质量却不能打折扣。在一次拱桥施工时，我发现有一个定位架预埋件偏差 5 毫米，而这个 5 毫米正好是满足设计误差要求的。要知道，定位架是控制整个钢拱轴线的源头，而钢拱关系到整座大桥的受力和安全，十分关键。这就好比电筒照向远方一样，源头晃动一下，远方的光线会偏离一大截。

正值盛夏，酷热难捱。我犹豫再三，还是决定要求工人重调。作业队长当时就急眼了，冲上来说：“什么？已经符合设计要求了，为什么还要重调？这么热的天，我们已经辛苦好几天了，你知不知道！”我等他冷静下来，耐心解释：“我们修的是世界级桥梁，将来上面承载的是来往通行的无数车辆，那可是无数家庭和生命啊，所以我们必须保证百年品质。今天我也不走了，和大家一起调！”烈日下，我们用了整整一天时间，最终实现了定位架安装零误差！

我在工作上能做到零误差，但对家庭却差太多。2013 年刚到太原那年，父亲查出鼻咽癌，必须立即放化疗，我却为了确保北中环桥项目的工作能快速推进，必须坚守现场，没能回家陪伴父亲放化疗过一次。父亲却总在电话里说，我没事，别耽误了工作。你是修桥的，不能分心，不能犯一点儿错。

2014 年 10 月，女儿出生，我匆匆回家两天，又返回工作岗位，想孩子了，只能通过视频看一会儿。2016 年 1 月，父亲去世的噩耗突然传来，当时的我正忙碌在两桥施工的现场，含泪把工作交接好就往家赶。一进屋，就看见全家人早已哭成了泪人，说父亲因为惦记我，走的时候还一直往门外看……听到这句话，我再也忍不住了，失声痛哭起来……没能见父亲最后一面成为我终身的遗憾。擦干眼泪，我还是义无反顾地赶回工地。因为我是大桥人，建桥事业的接力棒已经传到我的手中，我不仅要把这一棒跑好，还要跑得更精彩。

现在，我们为“二青会”承建的十号线桥和迎宾桥已拔地而起，屹立在汾河之巅，即将通车。也许在座的您手机中就有大家竞相转发的照片——人们亲切地称之为最美“网红桥”。

闲暇时，落日下，我会坐在工地上，静静地欣赏不远处父亲和自己的作品，一个一个地数，南中环桥、北中环桥、摄乐桥、十号线桥、迎宾桥……太原真美呀，一条汾河 21 座桥，一直美到北！

今年正值共和国 70 年华诞，爷爷、父亲和我，三代大桥人以及像我们一样的千千万万的建设者们的奋斗接力，撑起了一座奔向未来的彩虹桥；我们用热爱、赤诚和坚守，陪伴祖国一起成长！

>> 嘉宾点评

蒋昌建

“桥三代”的追求

关于年轻人的特征，人们提起常常会谈到“叛逆”二字，不过，我们似乎不应忽视“传承”。年轻人一定会创造一个新的时代，但每个时代又都是上一个时代的延续，若没有传承，社会的发展和进步就没有持续性。张博君的爷爷是大桥人，父亲是大桥人，自己仍是一个大桥人。三代人除了拥有共同的职业之外，还有就是对“零误差”的近乎“偏执”的追求。这种追求很可能带来的是不惜代价的推倒重来和令人难以忍受的完美主义。但是，正是这种“偏执”，影响的是一个团队工作作风，决定的是人民的财产和生命安全，塑造的是大桥人筑桥铺路的技术高度和水平。从张博君身上，我们可以看到，“桥三代”参与祖国桥梁工程建设的认真踏实的工作精神。

时代新人——吴艾祥

>> 人物小传

吴艾祥

时代新人说 · 讲演录

- 男，生于1967年11月。
- 晋品源味农业公司总经理。
- 用生物方法取代农药、化肥种菜，经太原市农产品安全检测中心取样检测，用此方法，多种蔬菜农药残留为0。
- 获国家发明专利一项，荣获全国“大众创业，万众创新”山西分赛区“三晋新农人”创新组比赛二等奖，获“三晋英才”“晋阳工匠”“晋源工匠”等荣誉称号。
- 荣获2018年度太原市“五小”岗位创新一等奖。他是一个脚踏农田耕作、心系食品安全的农民。

我与害虫 PK 18 年

吴艾祥

大家好，我叫吴艾祥，是一个种菜的农民，这是我种的茴子白，与普通市场上卖的茴子白相比，它很特别，没有用过任何农药、化肥，可以生吃，吃起来甜甜的、脆脆的，有点像水果。而普通的茴子白，我相信大家都知道，60 天的茴子白，加上育苗时间，共需要生长 100 多天，按照全世界通用的“预防为主、综合防治”的病虫害防治原则，每隔 7—10 天就得喷一次农药，要喷十几次农药（规范作业是 14 次）才行。农药可是一种毒品啊！我认为农药就是一种化学武器，为啥要将这种化学武器用在我们每天要吃的蔬菜里呢？将这种化学武器用在蔬菜上会产生怎样的结果呢？对此，我深有感受，18 年前的那场遭遇至今让我记忆犹新。2001 年，我来到晋源区五府营蔬菜基地，正遇当地农民向蔬菜上喷农药杀虫，农药刺鼻的气味让我头晕、恶心、胸闷，长时间蹲在地头站不起来。以前在学习时，我曾听老师讲过，粮食、蔬菜、水果都要用农药来防治病虫害，但没想到农药用在蔬菜上给人带来的不良反应竟然这么大。生在农村，长在农村，又是农学专业毕业的我，性格倔强，在那段时间多次默默地叩问自己，难道就没有一种更好的方法来改变这种状况吗？一定有！

于是，我毅然决然地在五府营租种了3亩地，带着妻子和年幼的女儿吃住在地里，搞起了研究，这一干就是18年——活力四射的18年，年富力壮的18年。在这珍贵的18年里，我没日没夜地蹲在地里，将汗水和泪水融入这片土地。我经历了18年的艳阳酷暑与冰天雪地，从未动摇。最难忘的是2009年11月的那场大暴雪，雪厚达30公分，11月12日上午10点多，我的种菜温室突然被大雪压得轰然倒塌，彻骨的寒风又将温度降到零下20℃。那时，我们一家三口住在旷野中的一间小屋里，冻得瑟瑟发抖。其实，我和大家一样曾有过一份稳定的工作。我1990年毕业于山西省临汾农业专科学校，同年被分配到左权县农业局，后又调到林业局工作，2001年，我舍弃铁饭碗来到五府营种菜，但那场雪灾，让我顷刻间变得一无所有，潜心研究的成果也被埋在大雪之下。妻儿在风雪中的陪伴让我感到愧疚，而对老家年迈的父母，我又不能尽一丁点儿孝心，这一切都让我心痛。但是，既然选择了这条路，我就要义无反顾地前行！我开始清理积雪、清理渣土、重建温室……经过两个多月的努力，我的温室终于又建起来了，我又种上菜，意志也变得更加坚强。夏天，室外气温有时高达38℃，温室里的气温更高，我依然蹲在地里观察虫子，一蹲就是三四个小时。我经常蹲得腿都麻了，站也站不起来，然而，我坚持着。功夫不负有心人，2018年3月16日，在种生菜、芹菜、白萝卜、甘蓝的过程中，使用我发明的“防治蔬菜害虫的厌氧微生物菌制剂”驱虫，经太原市农产品检测中心检测，这些蔬菜的农药残留为“0”。这种方法就是用白糖对某种厌氧菌进行科学培养，在这种菌生命活力强的时候，将其喷到蔬菜上，让菌及其产物杀死害虫。这种菌在空气和阳光的作用下很快会死去，不会对蔬菜和环境形成新的危害，留在蔬菜上的只有可以被蔬菜吸收、利用的有机肥料。从 2014 年开始，山西大学生命科学院博士生导师带领研究生多次帮助我做实验，确定这种菌制剂的杀虫原理、方法和使用浓度。也就是从那年开始，晋源区政府、农委帮助我在防治根结线虫、韭蛆方面做了田间试验示范。根结线虫和韭蛆的防治，长期以来是农业上的世界难题，可万万没想到这一难题用我的方法可以轻松解决。2018 年 1 月，我在晋源区总工会的扶持下，作为太原市唯一的民营企业代表，参加了山西省的“五小精品展”；8 月，我成为太原市的“时代新人”；10 月，我获得全国“大众创业，万众创新”山西分会场创新组比赛的第二名；2019 年 3 月 4 日，在全国“两会”期间，山西省委宣传部派记者团来到我的种菜基地拍片子，我竖起大拇指喊了一句：“山西范儿！”能种出不施用农药、化肥的健康蔬菜，正是我作为一名农民的“山西范儿”！

目前，我的这项技术已经得到了国家发明专利认证，我希望它能在全国得到推广，让用农药驱虫的方法成为过去时。今年过年，我回老家看望父亲，按照老家的传统，我给父亲磕了头；我的母亲已经去世了，我在母亲的墓碑前说：“娘啊，我没有做好您的儿子，让您为我操劳、为我担心了。但是我有梦想，我的梦想实现了！”

>> 嘉宾点评

曲建武

赤子情，攻关梦

吴艾祥，一个生在农村、长在农村、对土地有着热烈情感、对人民抱有深沉之爱的农学专业毕业生，怀着一腔赤子情，本着一份在田间地头蹲守几十年的执着，历经天灾考验，咬牙挺过寒来暑往，走过反复探索的日日夜夜，终于发明了“防治蔬菜害虫的厌氧微生物菌制剂”，攻克了一道世界性难题，谱写出一首利国、利民、利千秋大业的创业者之歌。小小一方田地，承载着人类的生存根基；双脚立于百姓之中，才能实现新时代的壮丽梦想。

时代新人——薛亮文

>> *人物小传*

薛亮文

- 男，出生于1978年11月。
- 现任西山煤电集团公司镇城底矿工会文体部部长。
- 先后获得西山煤电集团公司“劳动模范”、团市委“向上向善好青年”等荣誉称号。
- 一个吃着山药蛋、喝着小米粥长大的煤矿工人，执着地走出了一条不平凡的路。

我是一名“煤亮子”

薛亮文

我是来自西山煤电集团公司镇城底矿的一名员工。和千千万万矿工兄弟一样，我每天凌晨5点走出家门，换好工装，戴上矿帽，坐着猴车下到离地面500米深的井下，开始一天的工作，没错！我就是一个“煤亮子”。

一个吃着山药蛋喝着小米粥长大的西山子弟；

一个曾经上了10年班后，又背起书包读大学的煤矿工人；

一个党龄比工龄还要长一年的共产党员……

几十年来，在西山这片热土上，党素珍、亢龙田、栗俊平等一个个优秀共产党员的感人事迹像一盏盏明灯照亮着我们，他们奉献进取的精神潜移默化地鼓舞着我们。我从小就有一个愿望：做像他们一样的人！在党组织的培养下，1997年6月25日，面对鲜红的党旗，我庄严宣誓，光荣地加入了中国共产党。那一年，我20岁！我是当时所在的中专学校建校40年来唯一一名学生党员。2007年，怀揣着改变人生的梦想，我参加了全国统考，以优异的成绩迈进了大学的校门，成为太原理工大学年龄最长的本科生。那一年，我30岁！

说句实在话，考上大学带来的兴奋其实很短暂，因为我不得不面对眼前的困难：工作10年之后再度重返校园，高等数学、大学物理、英语四六级考试等学习上的拦路虎，我该怎么克服？和比自己小十一二岁的同学相比，我记性不好，精力不足，家里还有两岁的儿子需要照顾，我该怎么办？

这不由得让我想起了被西山员工亲切地称为“工人专家”的栗俊平，这位只有初中文化的共产党员，35岁才开始自学外语，和他相比，我这点困难算什么！

从此，大学的宿舍楼里总有一个在凌晨5点就站在楼道里背单词的学生；阶梯教室的第一排总有一个成熟的面孔天天出现；每逢周末从太原回古交的火车上，总有一个一路看书的小伙子——那就是我。

每次星期天离家，年幼的儿子总舍不得我走，把我的鞋塞在沙发底下，把我的书包藏到柜子里，把我的腿紧紧抱住……作为七尺男儿，我看在眼里，疼在心上！

4年的大学生涯转瞬即逝，通过努力，我的综合成绩连续3年名列前茅，并多次获得“国家励志奖学金”。

“这个西山人，不简单！”这是毕业时老师和同学给我的评价。

2011年大学毕业后，作为一名从煤矿走出来的大学生，我毅然选择回到西山，接受组织的安排，去了古交的镇城底矿工作。

“通风科新来了一个大个子，干起活来肯卖力，一次能扛两袋子水泥，200斤扛在肩上，走起路来像小跑……”这是下井后工友们对我的第一印象。谁也没有想到，这个五大三粗的“秀才”，几年后居然能破解困扰通风科的技术难题。

多年来，井下自动风门时常会出现故障，大家想了很多办法，但效果都不理想。

“让我试试！”我主动向领导请命。可工作还没开头，就出现了很多说法：“薛亮文，这个人，就爱出风头！他呀，干干体力活、摇摇笔杆子还行，又想搞科研创新，真是异想天开……”

我没时间想那么多，为早点解决问题，我一头扎进科研中，每天升坑洗完澡后，就钻进技术组，看说明、查资料、画图纸……经常是一手拿着铅笔，一手吃着泡面。为了弄懂一个小问题，加班熬夜是常事。

人的精力是有限的，工作上的事儿想得多了，家里就管得少了。

有一回，爱人加班，叮嘱我在家带孩子。因为一个机械零件的问题，我去找师傅请教。懂事的儿子想给我做晚饭，自己一个人在厨房切土豆时，不小心把手指切开了一个大口子，血流不止……

当我闻讯跑回来时，儿子的手指已经包扎好了。爱人心疼地搂着孩子，冲我劈头盖脸一顿吼：“薛亮文！你把家当成啥了？孩子才 9 岁，你就放心走？你还要这个家吗！”

面对妻儿，我的内心充满了愧疚，但我还是下定决心，一定要早点拿下这个技术难题！

功夫不负有心人。在领导的支持和同事们的帮助下，通过两年多的努力，我们的汽水分离器研制成功了！技术难题解决了！这项新发明在风门上的推广使用，为我矿累计节约资金 30 多万元，并在 2016 年 12 月 30 日西山煤电集团公司首届员工创新大赛上荣获二等奖。获奖的消息传来后，激动的泪水在我的眼眶里直打转，800 多个日日夜夜的努力，一个个刻骨铭心的画面在脑海中不断浮现……

作为一名煤矿员工，在 20 年的工作经历中——
我用坚持不懈的努力叫响了：“我是一个西山人！”
我用坚韧不拔的毅力叫响了：“我是一个煤亮子！”
我用坚如磐石的定力叫响了：“我是一个共产党员！”

>> *嘉宾点评*

祝灵君

平凡的岗位，不平凡的奉献

新时代担当新使命，新使命诠释劳动者的奋斗精神。薛亮文就是用习近平新时代中国特色社会主义思想武装起来的奋斗者。他在学生时代积极入党，以优秀共产党员的标准严格要求自己，把个人的职业规划和社会需求紧密结合，坚定全心全意为人民服务的理想信念；他在工作岗位上努力学习，以“工匠精神”要求自己，把技术攻坚扛在肩上，克服重重困难，坚守初心，在煤矿工人的岗位上挥洒热血，生动地诠释了新时代劳动者的使命担当。

时代新人——洛亮亮

>>人物小传

洛亮亮

•• 男，出生于1980年12月。

•• 中共党员，数控车工高级技师。

•• 先后被评为三晋工匠、山西省政府津贴高级技师、全国技术能手，并获得山西省五一劳动奖章。

•• 2015年“1800KW采煤机手动液压换向阀”工装获得山西省“五小创新成果”一等奖；2017年“深孔镗导向套技术改造”获山西省“五小创新成果”三等奖，并在次年获得国家专利。

•• 他的理念是：要做就做最好的工人。

一个叫亮亮的工人

洛亮亮

大家好！我叫洛亮亮，大家都喜欢叫我亮亮。

我有两个标签，第一个是“80 后”；第二个是工人，太重煤机的一名技术工人。如果给这两个标签加个期限，那就是在车床上干了 19 年的“80 后”工人。

19 年，我一直有一个梦，就是做最好的工人。

记得当年技校毕业，刚上班的时候，什么踢足球、打篮球、打羽毛球，听歌、唱歌、敲锣鼓，我是样样擅长，唯独工作马马虎虎，完成基本任务就行，自我感觉还很良好，可一次路边的偶遇，彻底改变了我的人生轨迹。

那是 2000 年的一个早晨，我刚下夜班，在路边吃早点。邻桌的一对母子引起了我的注意。早上，孩子哭闹着不想上学，母亲急了，就大声地教训：“哭什么哭？再不好好学习，将来送你去工厂当工人！”这句话让我心头一颤，这时孩子又眼泪汪汪地看了我一眼，说实话，我心里真不是滋味。当工人到底怎么了？咋就被人看不起呢？记得小时候和爸爸看历史战争片，讲述的就是我们国家近代 100 多年的屈辱史，就是因为制造业太弱，而这制造业不就是靠工人撑起的嘛！我就不信，偏要把工人当出个样来！要做，就做最好的工人，让所有人都尊敬工人！

从此，我的心中，好像点亮了一盏灯。

那年冬天，单位要制作一批蜗杆，刀具是关键，车刀对车工来说就像医生手中的手术刀，俗话说“三分手艺，七分刀具”，磨刀是我要过的第一关。原来有这个手艺的师傅已经退休。年轻人都认为我们干不了这个活儿。我自告奋勇，把这“瓷器活儿”揽了回来。于是，在上万平米的车间里，我双手拿着车刀，两眼紧盯砂轮机，憋住一口气，寻找每一次出手的最佳角度。在PM2.5爆表的工作环境里，砂轮机荡起的粉尘到处飞舞，工具灯烤得烫手，我常常一干就是4个小时，有时猛一抬头，才发现，整个液压车间里，又只剩我一个人了……就这样，我把大家认为不可能的事情，干成了！

说实话，这次成功大大鼓舞了我要向技术巅峰攀登的信心。进厂之初，就听工厂的老师傅们说：“车工的最高境界是……一丝车三刀，刀刀见铁屑。”一根头发的直径，是十个丝，把一根头发的十分之一，再分成三等份——每一刀车出的铁屑，能细到这个程度，大家能想象得到吗？在很多年前，这是连仪器都难以测量的精度和准度，而工人们仅凭肉眼和经验，就可以精准把握。

我不知道，自己是否有过人的天赋，但我知道勤能补拙。于是，在周末三五好友聚会、节假日家人团聚、下班后工友们离开的时候，我都会一个人在车间里反复练习。最终，这个“一丝车三刀，刀刀见铁屑”的神话被我实现了。凭借这一绝活，我获得了山西省职业技能大赛的冠军，之后的“导向套技术改造”又获得了国家专利。

时代在发展，科技在进步，周围的一切都在发生着翻天覆地的变化。2008 年，单位的设备更新换代，手动的普通车床换成了数控机床，厂里要培养一批数控人才。时代在变，我必须也要变。于是，培训的课堂里多了我的身影。但一听课，我就傻了，什么叫天书，我是领教了！看着别人学有所得的样子，我急得快疯了。从此，一个人的车间，变成了一个人的课堂。课前我借来数控书籍，比大家早学一步；课后我练操作，从网上搜索能找到的所有仿真软件，练习编程。我在电脑前抱着书本入睡，不知道度过了多少个夜晚。最终，我以满分的优异成绩结业。摸着崭新的数控机床，按着似曾相识的键盘，我太激动了，数控机床原来不就是一台大型游戏机吗？我编好程序，就可以让一块钢铁马上变成自己想要的样子。当职业变成爱好，哪里还有什么艰难困苦？数控车床制作的每一个零件，在我眼里都不再是冷冰冰的铁疙瘩，而是倾注自己心血培育出来的孩子。

如今的我拥有自己的创新工作室，更拥有“太重集团高技能领军人才”“山西省五一劳动奖章”“全国最美青工”的荣誉。好多工友在我耳边说，亮亮，19 年了，你还没有干够？以你的水平，可以当车间主任了，最次也是调度员，这样你就不用天天趴在车床上了。但我不这么认为，如果人人都去当领导，个个都坐办公室，那这个车间的工作，谁来干？这个厂子的效益，谁来创造？这个国家的制造业，谁来推动？

我热爱我的工作，我热爱我的机床，我热爱我的同事！我叫亮亮，做最好的工人，让我快乐，让我的内心充满光明！

>> 嘉宾点评

蒋昌建

新工人，新风貌

三百六十行，行行出状元。但是，并不是所有人都能拿这个尺度来衡量一个人的社会价值的。洛亮亮困惑于一种世俗的“激励”方式，即不好好学习就去当工人。他没有止于困惑，而是用自己的实践将这种说法颠了一个个儿——不好好学习钻研就当不好一个新时代的工人。新时代的工人，手上操弄的不再是锤子、大铲，而是数控机床、精密仪器，甚至是各种人工智能机器人。可要学会这些操作，谈何容易？要置身于粉尘飞舞的环境，要车出比针尖还细的铁屑，要学习编写各种数控程序……亮亮用自己的实践证明，没有踏实的积累、勤奋的苦练和高超的学习能力，怎能对他人夸耀，我是最好的工人？

时代新人——马艺珂

>> 人物小传

马艺珂

- 女，出生于1990年12月。
- 爱豆研艺馆校长，万柏林区舞蹈家协会副主席，师舞堂华彩中国舞金牌教师，师舞堂华彩中国舞考官。荣获“山西教育年度盛典”教育机构魅力校长、教育创新人物等荣誉，并获课程创新奖。
- 小小的身躯大大的能量，用实际行动印证越努力越幸运的真谛。

梦想的颜色

马艺珂

请问，梦想有颜色吗？我觉得有，而且梦想在每个人的心中有着不同的颜色。今天我就想和大家说说自己，一名“90后”创业者的梦想颜色。

我今年29岁，4岁开始学习舞蹈，至今已有25年，可以说，舞蹈梦始终贯穿着我的青春，代表了我的奋斗。这一路走来，我遇到过3次极为重要的人生节点。10岁那年，我非常幸运地被山西省政府选去日本参加国际舞蹈交流，那是我第一次走出国门，当时觉得好棒啊，舞蹈让我感觉自己拥有了全世界。12岁那年，战胜几千名报考者，我成为当年北京舞蹈学院附中中国舞专业在山西唯一被录取的学生。舞蹈，再一次让我的人生绚丽多彩。19岁那年，我选择一个人去韩国留学，学习舞蹈教育的运营管理。我想，到了我应该为舞蹈事业做点什么的时候了。我忘不了孤身一人异地求学的艰辛——北京滴水成冰的冬天、学校永远没有热水的水房、放假时空空荡荡的宿舍、晚上11点只亮一个灯泡的练功房……我忘不了初到异国他乡骗我整月房租的房东，7平方米的廉租房，永远吃不起的水果和牛肉……回想起10年求学路，我真是痛并快乐着，但追梦的青春，不就应该是这样的吗？我的青春是为梦想而奋斗的青春，所以我觉得它是绿色的。绿色代表生机和活力，给予我坚持不懈、努力前进的动力。

2012 年，我回国后开始创业。当时创业圈流传一句话：100 个人创业，99 个死在半道，只有 1 个能到终点，还是半死不活的。当然，这是一句玩笑，但也足以说明创业的艰辛和残酷。可我就是不死心。我告诉自己，不仅要当活下来的那一个，还要成为可以影响更多人的那一个。当时，太原的艺术培训市场竞争很大，登记在册的正规机构就有几千家，更别提屡禁不止的无证学校了。为了找到突破口，拿出属于自己的核心竞争力，我和我的团队整整 3 年辛苦工作，原创了涵盖 26 个学期、4—18 岁年龄段的中国舞教材教案以及示范视频，现在我都不敢回头想那些日子是怎么熬过来的。当我拿到国家版权局颁发的教材专利认证书时，才知道，原来开怀大笑的时候眼睛也能流泪。我们是当时本土品牌中第一家拥有专利教材的民办艺术机构，再加上教学质量和教学服务等优势，我们迅速地打开了市场。目前我们已经有 3 所分校，在校学生 1000 多名。每一所学校的选址、装修、施工，我都亲力亲为。我身高只有 1.6 米，体重 87 斤，每当我仰着头和一群大男人讨价还价、争论施工方案时，我都不由得笑自己，哪来的这么大的胆量？我热爱的舞蹈是我毕生追求的事业，我想，它是蓝色的。蓝色代表海洋、代表宽广，它让我拥有了天高海阔任我翱翔的勇气。

去年，我当选为万柏林区舞蹈家协会的副主席，我认为，我不仅要把自己的小事业经营好，更应该有服务社会、回馈社会的责任感。这些年，不论工作多忙，我都一直坚持在一线代课，每当看到孩子们因为学会新动作、新组合脸上露出的笑容，收到家长们温暖贴心的问候和祝福，目睹越来越多的学生因为舞蹈而收获了自信、找到了人生的方向之时……那种满足感、骄傲感真是千金不换！原来，一个人的舞蹈梦是能够影响一群人的，我要把这种力量传得更远。2015年，我带领团队赴西藏墨脱县德胜乡小学进行捐赠，我太爱那群可爱质朴的孩子了，直到现在，我们还保持着联系。2016年，我参与了腾讯公益和水滴互助平台的“每月捐”项目，希望用自己微薄的力量去帮助更多的人。2017年，我不仅参加了万柏林社区的演出，还成为社区舞蹈队的老师。其实阿姨们不知道，她们教会我的东西更多。舞蹈梦点亮了我的人生，我有责任去推广舞蹈文化、传递梦想力量，倡导积极向上的生活态度。舞蹈是我回报社会的最好方式，所以，我认为它是红色的。红色不仅象征着热情与激情，更代表着无穷的心劲儿与干劲儿。追求梦想虽然很苦，但我觉得更酷！

绿色、蓝色、红色……我相信，未来还会有更缤纷的色彩来涂满我梦想的翅膀，助我飞得更高、更远！“担复兴大任，做时代新人”，就是要实实在在地把坚持、努力、担当，渗入生活里、放到工作中。只要有梦想、有机会、有奋斗，我们就能创造一切美好！时代新人，既包括“90后”“00后”这样的年轻人，也包括那些不论处在什么年龄、什么岗位都仍怀有梦想、有着“不将就”态度的全体中国人！担复兴大任，从做好自己开始！让我们一起加油！

>> 嘉宾点评

钟 君

为梦想奋斗的青春最美

新时代是奋斗者的时代。舞蹈的身影是美的，创业的历程是美的，为梦想而奋斗的青春，是最美的青春。岁月里的每一滴汗水，都映射着不甘平庸的追求。演讲者用自己努力学习舞蹈、辛苦创业的经历，诠释了什么是新时代的逐梦人。新的时代给予每一个人相同的机会，所以，我们要在最美好的时光里坚持梦想，去拼搏、去流汗、去奋斗，在平凡中铸就不凡，在前进中实现梦想，这样，才能收获人生最宝贵的成长，才能在生命里演绎不同的精彩。

时代新人——李　雷

>> 人物小传

李 雷

- 男，出生于1990年3月。
- 硕士研究生，现为山西医科大学第一医院介入科医师。
- 获2018年山西医科大学“时代新人说”讲述活动一等奖、2019年太原市“时代新人优秀宣讲者”、2018年山西省“青年岗位能手”、2019年山西省卫健委“优秀团干”等荣誉。
- 他是身着铅衣的白衣战士，是穿行在血管内的特种兵，通过手中的导丝和导管，一次次战胜“血魔”，拯救生命。

血浓于水，爱浓于血

李 雷

在进行讲述之前，我想先给大家介绍我的两位“小伙伴”。大家请看我右手上这根细长的蓝色小管子，它叫做导管；大家再看我左手上这一根长长的黑色的丝，它叫做导丝。它们就是我的“手术刀”，每天陪伴着我。大家好，我叫李雷，是山西医科大学第一医院介入科的一名青年医师。可能很多人生病到医院会去看内科、外科、妇科、儿科，但很少有人知道介入科是干什么的吧？现在我就给大家做一个小科普。我们介入医师被称为“铅衣人”，影像设备是我们的眼睛，然而这些设备都有着很强的 X 线辐射，所以我们每天做手术时都要穿着 30 斤重的铅衣。介入医生是穿行在血管中的特种兵，可以通过皮肤上一个不到 2 毫米的伤口把导管、导丝等器械放入血管内，对血管情况进行全面勘察、理智分析，并精准治疗各种疾病。

在众多的血管疾病中，致死性出血性疾病被我们称为“血魔”。既然是魔，就注定会给人带来无限的痛苦与伤害，既然是特种兵，就注定要剑出锋芒、挥剑斩魔。可能很多人一辈子都没见过一个人大出血时的情景。大家可以想象一下：一次呕吐吐出满满一盆的鲜血；一次咳嗽嘴巴和鼻子里的血液汹涌而出；一次产后出血，鲜血染红了手术室的整个地面……而我们介入医师每天都要面临这样的场景，要和血魔正面交锋，要在不可能的情况下创造奇迹。有人说我们的职业是血腥的，而我认为在鲜血与眼泪的背后，在与时间赛跑的急救背后，更多的是我们“血浓于水，爱浓于血”的情怀。

2018年的一天，凌晨2点，一位25岁的妈妈刚刚迎来自己的第一个孩子，可还没来得及看孩子第一眼，就因为胎盘植入瞬间出血1000毫升以上。这可是一个人身体内将近20%的血液啊！这么大的出血量随时可能会危及产妇的生命。产科医生的一个电话吹响了战斗的号角。当天我值班，我立即通知科室医护人员，大家在15分钟之内就都赶来，做好了急救准备。但是当产妇被推进我们介入手术室的那一刻，所有人还是惊呆了。患者像是被血水浸泡着一样，惨白的手臂和鲜红的床单，形成了强烈反差。虽然产科医生的手紧紧压迫着患者的子宫，护士们用力挤压着血袋，恨不得把血直接灌进她的血管里，可是50/20毫米汞柱的血压仍然刺痛着每一个抢救人员的眼睛。时间就是生命，在场的医护人员立刻全力以赴展开救援。然而在第一个环节，我们就遭遇了严峻挑战。因出血太多，我们根本摸不到患者股动脉的搏动，两次股动脉穿刺都没成功。穿刺不成功，导管就无法进入血管，导管进不到血管里面，就无法施行介入止血，止不了血就意味着死神的降临。我急啊，急得都快哭了！这时，年轻妈妈的意识已经开始模糊了，可是她仍坚持着，用微弱的声音对我说：“大夫，求求你，救救我。”我强忍泪水，不断地安慰她；同时鼓励自己，必须成功！她还没见过自己的孩子，我想让她能够陪伴孩子成长。终于，第六次穿刺成功了，针进入了股动脉。

当血液从针芯流出来的时候，已经不是鲜红色，而是粉红色。30分钟，漫长的30分钟过去了，终于，我们把她的双侧子宫动脉堵住了，再也没有新鲜出血了。我们将一袋一袋的血液直接灌入患者的动脉中，血压也一点点回升了。年轻的母亲逐渐恢复了意识，她说："大夫，谢谢您救了我。"虽然这是一句简单的话，可我听到的是生命的珍贵和医者的责任。

"健康所系，性命相托，我决心竭尽全力除人类之病痛，助健康之完美，维护医术的圣洁和荣誉"，这是我学医第一天立下的誓言，当时，年轻的我对这句话其实不是很理解。但从那天起，我理解了"白衣天使"四个字后面沉甸甸的责任，体会了什么是"敬畏生命"；从那天起，我知道了我所做的一切都是神圣的，因为我在止血——在救命；从那天起，我懂得了我手里握着的不是一根冰冷的导管，而是一条鲜活的生命；从那天起，我严格要求自己，每一台手术都要做得精益求精；从那天起，我知道了什么叫"爱浓于血"，介入止血救命，一刻不能懈怠！

急行号角是那个深夜的电话，匆忙脚步是我们能懂的回答；无影灯明是春秋冬夏，柳叶刀锋是岁月年华。这是一场缘。缘来自生命，爱浓于血，滴滴圆满却有残缺；这是一片心，心里藏着责任。守护生命——这是我一生的承诺，这是伟大时代赋予我的责任，这就是我的"中国梦"。

>>嘉宾点评 杨 禹

深沉的挚爱

在从死神手里夺回一个个生命的过程中，李雷让自己的生命有了更丰厚的价值。在一个个惊心动魄的与死神搏斗的场景之外，一位青年医师的工作，其实是琐碎、枯燥的，是辛劳至极的。奋斗，有时是激动人心的冲刺，有时是检验耐力的长跑。在乏味的长跑中挺不住的人，可能连冲刺的机会都没有。门诊室里、手术台边，最考验李雷的是长跑，而不是冲刺。有长跑的这份韧劲为底色，冲刺之力才能释放出来。有长跑中的这份深沉的挚爱在，众多的李雷们，必将无愧于时代。

时代新人——刘永生

>> 人物小传

刘永生

时代新人说 · 讲演录

- 男，出生于 1991 年 4 月。
- 中共党员，2017 年山西省定向清华大学选调生。
- 现任太原市卫健委副主任科员，挂职尖草坪区阳曲镇党委副书记。
- 曾荣获清华大学优秀研究生、党支部书记等 30 余项国家级、省、校级荣誉。
- 参加工作后荣获2019年太原市“时代新人宣讲者”称号，因施救昏厥女子被太原广播电视台、中国新闻网等媒体报道。
- 他恪守本职，用勇气与坚毅诠释着新时代青年人应有的责任与担当。

为死者发声，为生者维权

刘永生

当你在国内一流大学接受科班教育的时候，你会如何憧憬未来的生活？当一份光鲜亮丽的金领工作和一份普通的公务员工作摆在你面前的时候，你会选择什么？当稚气未脱的你面对最棘手的信访工作时，你是否想过退缩？

我叫刘永生，去年毕业于清华大学，来到太原工作。朋友们一定想知道，对于上面三个问题，我的答案是什么？

2018 年 9 月，一名男同志在平阳路亲贤北街口遭遇严重车祸，胫腓骨粉碎性骨折，脑干出血，经救护车拉运至医院手术。在 3 个小时的手术过程中，伤者体征平稳，可到了最后的缝合阶段，伤者突发呼吸困难。10 分钟后抢救无效，死亡。

死者是独生子，年迈的老太太只有这么一个儿子；41 岁，他是家里的顶梁柱；孩子刚上小学。没了，人没了！这突如其来的事件让这个家的天都塌了，手术室外响起了此起彼伏的哭声、劝说声、抢夺声、呼喊声、咆哮声。伤者家属质疑死亡的原因，于是到我这里申请尸体解剖。经过一整天的协调，双方定于 4 天后在山西医科大学司法鉴定中心进行尸体解剖。

这一天，我早早来到解剖中心。天空乌黑，像哭过一般。解剖中心的大门外，明晃晃的就停着一辆车。这是殡仪馆的车，车门开着。我知道尸体已经解冻，并被摆放在解剖台上，盖着白布。解剖室值班的大爷“吧嗒吧嗒”地抽着烟，见我第一次来，大爷说，学校已经搬到榆次了，现在这个校园里除了他，没什么人了。100 年来，在这个解剖室中发生的故事可多了。听着这番话，我心里“咯噔”一下，谨慎地环顾起四周。这所学校真的很古老，在墙面离地半米高的地方能看出曾经刷过绿色的油漆，蜘蛛网很多，积满灰尘，暗黄的白炽灯映着狭窄的走廊，气氛十分诡异。解剖室的门虚掩着，我费力地听着每一种奇怪的声音，心跳加快，嗅觉也变得更加灵敏了。我似乎闻到了空气中那种混淆在烟味中的尸体的味道。接着，我仿佛看到暗黑色的血正沿着门缝流到自己的脚下。“当当当——”一阵急促的敲门声把我拉回到现实。各方人员都到场了，法医宣读了一些程序后就进入解剖室。我很害怕，想退缩，不敢进去，可想到这就是我的工作，伤者家属就在我身旁急切地等待着，我深吸一口气，镇定地对伤者家属说：“马上就进行尸体解剖了，你们可以委派一名代表随我一同进去，但是千万不能拍照。”我们进去了。后面的工作进展顺利。我们依法委托医学会对事故进行鉴定。在明确了责任后，这个为期两个月的信访问题得到了公平解决。

听到这里，想必大家已经知道关于那三个问题我的答案了吧。我在清华大学读书时，所思所想无不是上大舞台，做大事业；在北京实习时，还亲自参与了数额巨大的国有资本经营管理。而当振兴山西之风吹到学校时，我带头选择服务基层，服务山西。当我带着所学来到山西，从事的第一份工作就是信访事业。我是外地人，在山西没有一个亲人，那次参与完尸体解剖任务回家后，面对空荡荡的出租房，我想起了冰冻后发白的尸体，切掉脑壳的大脑，手术刀划破皮肤的画面……不停地追问自己，北京不好吗？为什么要来山西工作？在清华读书就是为了来处理信访问题吗？

我的导师告诉我，你是山西省的人才，如果社会和国家需要人才，为什么这个人不会是你呢？你接受了最好的教育，如果你都没有奉献自己、改变社会的梦想，那还奢望谁有？

就这样，我坚持着，从最初的不安与迷惑，到现在的淡定和从容，我明白了如何将自己的技能应用到繁杂的工作中，明白了如何用公权力为百姓提供新的解决问题的方案。我将头发梳成大人的模样，我在心中种下梦的种子，我爱上了这份工作。

因为热爱，我起草了惠及每一位太原百姓的控制医疗费用的文件；因为热爱，我把提升医疗质量安全的工具带到各家医院；也因为热爱，这一年我直接帮助了近 180 个家庭解决苦难。我相信，公平和正义永远存在。两面锦旗告诉我，我爱着的人也爱着我！

时下正值全省“改革创新，奋发有为”大讨论之际，我的期待是：如果 5 年后，我还在太原，我希望看到百姓因医疗费用大幅度降低而扬起的幸福笑脸；如果 5 年后，我还在太原，我希望看到太原市的医疗水平整体上升，比肩中部六省的省会城市；如果 5 年后，我还在太原，我想，那时候像我这样来山西奋斗的选调生应该有 600 人了吧——聚是一团火，散是满天星，咱们大家在一起，能干多少事情呀！

坚持！我的力量再微小，也会推动时代进步；坚持！我们都是时代新人！

>>嘉宾点评

詹国枢

因为热爱

刘永生讲述他第一次进解剖室的故事，活灵活现、惊心动魄而又生动感人！一个清华毕业生，没有去干一番“大事业”，却做起了平凡琐细的信访工作，但他仍然认真去干，埋头去干，而且，要干，就一定干好！为什么？因为热爱！他热爱自己这份看似不起眼却很有意义的工作；因为热爱，他起草了能够惠及每一位太原市民的控制医疗费用的文件；因为热爱，他把提升医疗质量安全的工具带到了各个医院；因为热爱，短短一年，他已经帮助近180个家庭解决困难……热爱的力量有多大？刘永生为我们提供了一个好例！

时代新人——苗振洁

>> 人物小传

苗振洁

时代新人说 · 讲演录

- 女，出生于1980年4月。
- 山西省非物质文化遗产传统刻瓷代表性传承人。
- 就职于山西省职业艺术学院设计艺术系，并为太原市聋人学校职业教育中心特聘教师。
- 常年投身于社会公益事业，在山西省未成年劳动管教所义务帮教，在青海湟中、千户苗寨支持民族美育教育事业。
- 曾荣获中国陶瓷技艺大赛职业技能比赛第二名，获“五一劳动奖章”并记二等功，被山西省政府评为“三晋技术能手”“拔尖骨干人才”等。
- 她带徒授艺，以传承为使命，在艺苑瓷葩中，开出朵朵新花。

用心刻画生活

苗振洁

大家好，我叫苗振洁，是一位有着20余年刻瓷经历的工艺师。大家先看看我手里的这只瓷盘，猜猜它表面的线条是怎么做上去的？画上去的？不，它是刻上去的。这种工艺，在秦汉时期叫“剥玉”；明清时期，故宫里的造办处称之为“刻瓷”。顾名思义就是在瓷器上雕刻，就是在纯手工烧制好的各类瓷盘、瓷板、瓷瓶上，用刻刀和小锤进行作画。

瓷器非常坚硬，必须用钨钢和合金钢材料制成的刻刀，通过锤子的不断敲击，在力度和刀法的共同作用下完成刻瓷工作，然后，再填充上丰富的色彩。一件成功的刻瓷艺术品具有极强的艺术性、观赏性与收藏价值。从创作技法来讲，它已从大写意、粗线条的表现手法，发展到细腻、逼真、传神的表现技法，人物肖像、花鸟山水、文字书法都可呈现。作为一种特殊的传统技艺，几百年来，刻瓷一直散发着独有的魅力。

今天，我把我的工具也带来了，这就是我用的小锤，它已经陪伴我度过21个春秋了。

我出生在一个军工之家，是一名“80后”，从小就喜欢画画和捏各种各样的小动物，这些特长给我的童年生活带来了许多快乐，也为我的成长带来了极大自信。1993 年，我转学到省城太原上初中。由于从小具有的绘画功底，我被学校选拔到音乐美术特长班，并师从工笔画家史秉友老师。他引领我走进了极具魅力的国画世界，同时也为我打开了一扇艺术之门。

那是一次偶然的机会，我在太原市服装鞋帽公司的大楼里，听到一阵“叮叮当当”的声音。循声而去，眼前是栩栩如生的瓷盘，一名男子正手拿一把小锤和刻刀，在一个瓷盘上敲敲打打，他就是我后来的师傅韩林。

我驻足观望，不一会儿，韩老师的瓷盘上就跃出一只狮子狗，我忍不住摸了摸，当时就想：“我长得瘦瘦小小，学这个手艺真不赖！”

初学刻瓷，并没我想象的那么简单。韩老师常说：“没有金刚钻，别揽瓷器活。咱们就是以刀代笔，以瓷为纸，在瓷面上作画呢！所以来不得半点马虎。”

俗话说师傅引进门，修行在个人。刚开始的半年，我压根找不到门道，甚至对自己做出的选择都产生了怀疑。双手协调不了，力度控制不住，废品一个接一个。韩老师并不说我，但他的每一次叹气，都让我产生负罪感。盘子不是画纸，成本极高，刻坏了又没有修改的余地。我浪费了很多盘子，真想放弃了。

“知女莫若母”，看着我紧锁的眉头，妈妈想了个好办法，她从装饰城捡回许多瓷砖，拍着我的肩膀说：“瓷盘、瓷砖不都是瓷嘛，以后你白天用瓷盘跟老师学，晚上在家用瓷砖练。我就不信，我闺女学不会！”在接下来的两个多月，我每天下课后就偷偷把工具带回家，在瓷砖上练习。

命运总是和我开玩笑，跟韩老师学习刻瓷不到一年，有一天，他因身体的原因不辞而别。那天，我站在工作室外进不了门，也不知道他去哪儿了，心里特别焦急。后来，我垂头丧气地回到家，不知从此该何去何从！后来，在妈妈的鼓励和支持下，我用了 5 年的时间，成立了我最初的“惊石艺术刻瓷”工作室。

一天，工作室来了一位不速之客——韩林老师。他一进门就指着展架上的作品轮番数落，连获过奖的齐白石肖像也没放过。“你看看你刻的齐先生的鼻子，简直就是一个倒挂的黄瓜！”我嘴里不敢吱声，心里却有一万个不服气，心想：你说走就走，整整 5 年没有音信。今天一来，就劈头盖脸地骂我一顿！

此事过后，我一直赌气，也不联系韩老师。不久后的一天，我接到师娘打来的电话，她说：“苗苗，你师傅突发心梗去世了。他走之前，砸烂了自己所有的作品。家里还有一些瓷盘，你拿走吧，兴许还用得上……”听闻这个消息，我哭得稀里哗啦，许多年来，我都不能从这件事里走出来。

从 2002 年到 2011 年，“惊石艺术刻瓷”工作室发展成为现在的山西晋瓷轩文化艺术有限公司。十几年来，我坚持刻瓷创作与带学生。除了不断创作和提升自己，我还多次参加国家级的展览，并且长期投身于公益事业。2005 年，在中国第二届工艺品博览会上，我的刻瓷作品《齐白石肖像》获得了银奖。2015 年，在中国陶瓷技艺大赛上，我获得了职业技能大赛第二名的好成绩，并被颁发“五一劳动奖章”，荣记二等功。2018 年 8 月，我被省政府授予“三晋技术能手”称号。

这些年，我还在山西省未成年劳动管教所帮教失足少年；在千户苗寨、青海湟中支教，并设有民族美育课堂。现在，山西省职业艺术学院、太原市聋人学校都设立了刻瓷课堂，这让我倍感欣慰，如果韩林老师在天有灵，也会欣慰吧！

2017 年 7 月 15 日，我在太原美术馆举办了“铁笔丹青——苗苗刻瓷二十年师生展”。开幕当天，书法家冀卫东老师好奇地问：“你是不是韩林的弟子？韩林在世的时候跟我说过，他有一个女弟子，刻得非常好，应该就是你吧！”我顿时控制不住自己，抱着冀老师哭了起来。那一刻，我读懂了韩老师，他一直都在关注着我、关注着刻瓷。他将一生的热爱砸碎，可能是觉得自己为刻瓷事业奋斗一生却不能让它发扬光大，因此而失望吧。今天，我将继承先生的遗志，将他未竟的事业和梦想接力下去！

现在，刻瓷艺术已是省级非物质文化遗产项目，我很荣幸地成为这门艺术的代表性传承人。今天，我站在这里，呼吁大家关注非遗，让我们的艺术瑰宝薪火相传！

>> 嘉宾点评

徐　川

非遗人的泪水和荣光

在中国文化瑰宝之林中，非遗是一树树灿烂的记忆。几千年来，非遗能传承至今，离不开非遗人锲而不舍、经年累月的坚持。演讲者通过回顾自己的求艺、求师、求学生涯，向我们讲述了掌握一项非遗艺术背后需要付出的艰辛与汗水，讲述了一个非遗人成长过程中的成就与荣光。非遗人穷尽一生去完成一件件承载民族记忆和工匠水准的作品，而非遗人的一生，又何尝不是一件伟大的作品？

时代新人说 · 讲演录

坚韧

JIANREN

热爱
自信
担当
创新
专业
坚韧
……

时代新人——王润梅

>> 人物小传

王润梅

时代新人说 · 讲演录

- 女，出生于1975年2月。
- 中共党员，本科学历，现任太原市市政公共设施管理处第二道排养护管理所水道三组组长，第十二届、第十三届全国人大代表。
- 曾获“全国劳动模范”“山西省特级劳动模范”“山西省优秀共产党员”“三晋英才”等荣誉称号，并获“全国五一劳动奖章”。
- 她是用汗水疏通地下管网、用真情温暖社区居民的市政人。

雨中的“逆行者”

王润梅

在座的各位有住一楼的吗？偶尔是不是闻到过由于地漏堵塞或下雨传来的异味？我们普通家庭卫生间的地漏，大家是不是每天都要刷洗，而且特别发愁散落的头发将地漏堵塞？和每个家庭一样，城市里的下水道就是我们这座城市大家庭的地漏，每天都需要清掏。我和我的姐妹们就从事着这份工作，我们水道三组女同志多，也叫“女子清掏队”。太原市政管辖的800多条街道，有68000多个井盖，像我一样的清掏工有110多个。说句心里话，掏水道这份工作真是辛苦，但再苦再累的活儿总得有人干，这句话是我18岁刚上班时师傅说的，我至今还记得当时的情景。

那是1993年，我因为接班从事了这份工作。第一天去到工作现场，下水井盖刚打开，我就闻到了一股刺鼻的味道。那种感觉，我一辈子也忘不了。一想到自己以后每天都要做这样的工作，心里别提多委屈了。记得当时组里的一位老师傅跟我说了很多很多，其中一句话我至今难忘，就是：再苦再累的活儿总得有人干！就这样，我一干，就是25年，也从中体会到这句话的真正含义。

我们水道三组担负着太原市最繁华、最低洼地段的100多条街道、10000多座下水井的清掏任务。每天的工作就是走在大街小巷，拿着洋镐、叉子把井里的泥掏干净。每年汛期是我们最紧张、最忙碌的时候，倾盆大雨，别人都往家跑，我们却是朝着相反的方向第一时间赶往积水最深的地方，长时间地站在雨中处理路面积水。

有一年 7 月的一天，突然下起了倾盆暴雨，当我和同事们火速赶到长风大街平阳路口时，积水已经没过膝盖。我赶紧冲到水中，一边打捞漂浮物，一边凭着记忆寻找进水井的位置。积水很深，水压加大，井盖很难打开。我只能把手伸到水里，摸索着把冲到井盖上的垃圾清理干净。由于看不到水下的情况，手被划破了，可当时一心想着赶快排水，也没觉得疼。由于情况紧急，正在现场指挥的处长刘志猛，看到我们几个女同志身单力薄，迅速调来防汛抢险小分队帮助处理。井盖打开后，为了防止路上的行人和车辆出现危险，我们要一直站在井边守着，直到积水排干净。

2005 年，本不在我们管辖范围的老军营小区有居民反映，他们那儿的地下管网常年无人清理，平时臭气熏天，一下雨路上就积水。看着居民着急，我也急，立即决定帮助处理。由于井盖多年没有打开过，都已经锈死了。我们就用大锤砸，用洋镐撬，好不容易打开后，又发现井里的泥硬得用叉子根本挖不动，我们就用洋镐刨，用铁铲把泥一层一层铲松了，再用叉子掏出来。平时掏一个经常养护的井只需要十几分钟，而掏这样一个井却要花 1 个多小时，干完活儿后腰都伸不直了。就这样，我和组员们连续奋战了 10 多天，清掏了小区内 100 多个进水井、60 多个检查井。从此，小区的居民成了我们的宣传员，对我们是走哪夸哪。这样的急事，得干！

回家后，我突然想到一个问题，别的不属于我们管辖范围的社区，会不会也存在类似的问题和困难呢？为此，我给辖区30多个社区发放了便民服务卡，承诺接好每一个求助电话，解决好每一个反映的问题。从那时起，我们开展了“市政服务进社区惠万家”活动，主动深入到不属于市政管辖范围的社区、学校，帮助疏通堵塞的管道。如今，这项深受百姓欢迎的活动已持续了13年。这张小小的便民服务卡也成了市民和我们之间的贴心卡。更令人欣喜的是，市城乡管委在全系统开展了“市政公用服务进社区”活动。以我的名字命名的“王润梅志愿服务分队”由9个人发展到800多人，如今已有更多的人加入到这项志愿服务的行列中来。这样的贴心事，越来越多的人在干。

25年，我每天就这样行走在城市的大街小巷。没想到的是，我，一名清掏工先后当选为省、市第十次、十一次党代表，第十二届全国人大代表，全国劳动模范；更没想到的是，我能够代表太原一线工人走进人民大会堂。这是大家对我，更是对我们这个行业的认可！今天站在这里，我可以很自豪地说，我们市政的每一个清掏工都是这个区域的活地图，工作没有贵贱，再苦再累再臭，只要认真付出，就会被群众认可，就会被我们的笑容替代！其实，不管什么工作，只要从心底里接受，它就是你生活的一部分，我们干起来就会无怨无悔！

>>嘉宾点评

徐川

城市中最美的人

一个城市的正常运转离不开各行各业劳动人民的忠于职守。演讲者用朴实的语言、真挚的情感向我们刻画了清掏工这样一个常常被忽视的行业，向我们揭示了无数清掏工从业人员为维护城市生活环境所付出的艰辛努力。“再苦再累的活儿总得有人干”，这一看似轻松写意的句子，恰是无数劳动人民不甘平凡、坚守岗位的精神写照。一件件脏活、累活，一件件大家不愿干的小事、不想干的烦事，他们无怨无悔地干着，他们就是城市中最美的人！

时代新人——吴　瑜

>> 人物小传

吴 瑜

时代新人说 · 讲演录

- 女，出生于1979年4月。
- 中共党员，大学本科学历。现任太原广播电视台新闻综合频道《新闻快车》副主任。
- 由她主创的电视作品多次荣获全国城市电视台新闻奖、山西新闻奖、太原新闻奖等各级奖项70余项，在2019年山西省“绿水青山”主题演讲比赛中获金奖。
- 曾被授予太原市“十佳新闻工作者”、太原市“城中村改造”劳动竞赛个人一等功、“时代新人优秀宣讲者”、太原市“向上向善好青年”、“三晋英才”等荣誉称号。
- 她见证历史瞬间，记录时代变迁，坚守新闻理想，探究新闻真相，脚踩“泥土”，不忘初心，用奋斗镌刻新时代荣光。

新时代的“造绿人”

吴　瑜

我是记者，是记录者、讲述者，但其实我更愿意做一个倾听者。我每天来往于各种新闻现场，倾听着不同的故事，见证着城市的发展。如果说大多数人是活一辈子，那记者至少是活两辈子，因为每一次采访都是生命与生命的往来，我的生命被许许多多的故事和感悟拉长，我常常被故事中的人物打动，然后再用他们去打动观众。

接下来我想分享 4 个人的故事，他们做的都是同一件事：种树。

大家看这个画面（打开视频），相信在座的很多人都有印象，没错，这里是我们太原的玉泉山，这是党的十九大前夕中央电视台播出的特别节目《还看今朝》中山西篇里的一个画面。那这个画面呢？（打开另一个视频）这些呢？大家还有印象吗？其实这是同一个地方，两个画面之所以如此不同，离不开一个人，他叫张俊平。就是他，用 7 年的时间让这个废弃的采矿区变成了美丽的“山顶花园”。我来说几个数字，大家就会知道张俊平这 7 年做了什么：绿化荒山 13600 亩；铺设管道 310 公里，大家算算，310 公里大约是太原到右玉的距离；清运垃圾 1500 万立方米。打个比方，1500 万立方垃圾如果堆放在标准大小的篮球场，堆 5 米高，至少需要 7000 多个篮球场才够用。无法想象，是吧？更让我们无法想象的是，他们怎么在这石头山上挖树坑？准确地说，他们不是在挖，而是用电锤打，一个小指粗细的洞需要连续锤打 100 多下。7 年来他们就这样在石头山上打出了460万个树坑……张俊平，就是这样一个硬汉，7年都住在山上，即使在工地摔伤了腿仍要拄着拐杖坚守。他说，过去他天天和煤炭打交道，现在想还一片绿色给自己生长的土地。他已经把过去所有的积蓄都用在玉泉山的建设中。最触动我的是，他说："只要我还有一分钱，我就要把它投入到西山绿化上。"这个在悬崖上种树的汉子，用非常之力，播下的是绿色，长出来的是龙城的"右玉精神"。

对很多人来说，一个开始，不一定是一辈子，还有一些人，他的一生总是在开始。但是对于下面这位老人（打开视频），他的一个开始，就是一辈子。他叫桑石宝。此刻，说起这位 85 岁的老人，我的内心只有两个字：敬重。在清徐县东于山上，唯一一座石头砌成的房子，就是桑石宝住的地方，屋子里只有一个土炕、一个灶台、一口锅；但是屋子外面，却是一片生机盎然。我们看到的是一眼望不到边的树林，但看不到的是半个多世纪来，他在清徐县东于山上义务植树洒下的汗水。他把可以登记在自己名下的数十万株树木全部划归为集体所有。他种了 60 年树，没向公家要过一分钱，给的工钱，也都换成了树籽和树苗，到底换过多少次，桑石宝已经记不清了。他总给我们念叨1953年入党时举着拳头对着党旗许下的诺言：对党忠诚，积极工作，为共产主义奋斗终身。今年，他已经是一位 85 岁的老人，您知道他现在的愿望是什么吗？他说："2 万来亩的荒坡，我种了 15000 亩，还有 5000 亩，我要用 3 年时间全部绿化完，向中国共产党成立 100

周年献礼。”这句话意味着什么？大家一定听到了，老人把自己的一辈子都交给了这座山，这片绿色。他不计任何回报，为的就是那句党旗下的承诺。这是什么？这就是不忘初心，这就是不负使命，这就是推动城市进步的磅礴力量。这样的力量不仅激励着我们，也激励着下一代人。

“康奶奶就是个傻奶奶，放着城市里的舒服日子不过，一退休就跑到穷山沟里受苦……”这是一位小学生参加义务植树后写的作文，她故事里的“傻奶奶”叫康雪琴。对康雪琴的采访要追溯到10年前，当时她承包了阳曲县棋子山上无人问津的600亩荒山，自掏腰包义务植树，一开始没经验，栽种的树木无一成活，村民们都笑她傻，拿自己的钱打水漂，丈夫也明确反对，但她没有妥协。她一边植树，一边研究出环保酵素来代替农药，还把这个方法免费教给当地的农民。不用农药、不施化肥，为的就是保护一方水土。那位把康雪琴称作 “傻奶奶”的小学生在作文的结尾这样写道：“傻”奶奶“傻”得让我肃然起敬，如果我们都像她一样，那我们的地球妈妈一定会更美丽、更健康。

最后要说的就是太原人都熟悉的“当代愚公”——袁克良。慕云山上，他带动家人和志愿者39年坚持绿化，人工植树15万株，今天慕云山的森林覆盖率已经达到80%以上。

正如习近平总书记所说，绿水青山就是金山银山。他们用他们的“傻”，用他们的“倔”，用他们的执着，用他们的生命，守护土地，守护绿色，他们就是我们这个时代的时代新人。正因为一个又一个这样的时代新人在自己的岗位上担当重任，发挥价值，我们这座曾经的煤都已经走在绿色转型的路上。今天，作为太原人，我们可以自豪地讲：我们生活在一个绿色城市，持续进行的生态建设，让太原市目前已经完成造林 168 万亩，森林覆盖率达到 23%，绿化覆盖率达到 41.7%。有政府的正确引领，有全社会的共同参与，我们看到，建设文明开放富裕美丽太原的新征程已经开启！建设美丽中国、实现民族伟大复兴的希望，就在我们每一位时代新人的身上！

>> 嘉宾点评

张 璐

他像一棵树

我来太原前，听的更多的是挖煤的故事；到了太原后，才知道太原还有种树的故事，而且那么感人！张俊平，是太原开展“担复兴大任、做时代新人”活动中选树的第一批时代新人，被称为“悬崖上种树的汉子”。我问他 10 年坚持下来的感受，他说：“难！”我看到这个汉子流泪了！和他在一起，我感觉他就像一棵树——有一点土，就向下扎根；见一点光，就向上生长！永远给你一种力量！山西，华夏文明的摇篮，正是这种力量在支撑，而这种力量就来自千千万万普通人，也是今天民族复兴所需要的力量！

时代新人——李爱红

>> 人物小传

李爱红

时代新人说 · 讲演录

•• 女，出生于1981年7月。

•• 群众，大专学历。山西省人大代表、“三晋英才”支持计划拔尖骨干人才、太原市贝亲好家政服务有限公司总经理。

•• 曾获全国“优秀农民工”“山西省五一劳动奖章”“山西省特级劳动模范称号”“全国五一巾帼标兵”等荣誉。

•• 一块抹布，一桶清水，擦出劳动妇女的巾帼梦想。带领贫困妇女走出大山，收获幸福，赢得尊严！

靠双手赢得尊严

李爱红

说实话，我没有想到今天能够站在聚光灯下讲述自己的故事。而在我的人生中还有很多的“没想到”——没想到能走出大山，没想到能在城里立足，更没想到可以从做保洁的小时工变为开办家政公司的总经理。而这一系列“没想到”的过程，却让我对生命和劳动的意义有了更深刻的认识。

我出生在临汾市永和县一个偏僻的小山村里，全村只有 100 多人，我是家里的老大，父母常年在地里干活，我在 12 岁时就踩着凳子做饭，带弟弟、妹妹上学。那时，吃个馒头都是很奢侈的事情。我常常把别人扔在地下的冰棍棒攒起来，卖钱换冰棍吃。小时候的梦想就是跟着父母去县城看看，父母不让去，我能哭整整一天。心里老想着，山的那边究竟有什么？

学校毕业后，我来到太原，面对大城市的繁华和忙碌，感觉很茫然。我卖过衣服，当过服务员，也打过零工……我始终相信凭本事吃饭，凭力气挣钱，肯定能融入这繁华的城市。

一次偶然的机会，我看到街头的小广告上贴着：擦玻璃、打扫家，工钱现结。抱着试试看的想法，我揭下了这张小广告。一个近 400 平方米的新家，300 元——我接下了自己的第一单保洁生意。我和弟弟高高兴兴地去打扫，本想着一两天能干完，去了以后才知道，根本不是那么回事。刚刚装修完的房子，玻璃上、地上到处是油漆、涂料和装修垃圾。两天过去了，我们才刚刚把地板清理出来。弟弟年龄小，累得腰都直不起来了。面对满是污渍的玻璃，我哭了……可答应客户的事不能反悔，咱不能让人看不起！我们姐弟俩又没日没夜地干起来。活干完了，两人五天，300 元。亲戚、朋友都笑话我太傻了，但客户满意的笑容肯定了山里人骨子中的纯朴与坚强，城市中离不开这种执着耐劳的服务群体。

这件事对我触动很大，我身边有一群和我一样能吃苦、肯出力的姐妹，我为什么不能组建自己的团队，成立自己的公司，扩大我这一分子的作用呢？3 年后，属于我们的“贝亲好家政服务部”成立了。最初的 300 元，是我在城市中挖到的最有价值的第一桶金；也是这 300 元，给了我融入城市的契机。

服务部成立的第一笔生意是一个月嫂单子。我们派去的月嫂 50 岁左右，人精干利落，可是去客户家的当天，因为看不懂体温计，不清楚消毒程序，一口浓重的方言导致与客户沟通不畅，客户要求退单或换人。我舍不得丢掉这笔单子，当时手头又没有合适的月嫂可派，便抓了一本育儿方面的书，自己一头就扎进了医院。我四天四夜没合眼，给孩子喂奶、换尿布，看产妇吊瓶，观察产妇的身体情况……我边学边干，边干边学，不仅消除了产妇的怨气，还得到了家长的赞许。这件事让我明白了一个道理：要想服务好客户，肯出力、能干活是肯定的，但更重要的是必须掌握科学知识和专业技能，这样，姐妹们才能有更大的发展空间。于是，我们公司做起了家政人员岗前培训的工作：“持爱心，说好话；讲科学，懂营养……”这些话语成为姐妹们职业道德与职业技能的标准。

为了扩大培训规模，2015 年腊月，我们花了近 60 万元，租下南中环一个社区近 1300 平方米的门面房。装修资金不够，我们就自己干，搬砖和泥运沙子，凡是自己能干的活绝不雇人。我们各分店的 20 多个姐妹，白天在店里打理生意当白领，晚上就到工地扛沙、搬砖，当小工。更让我感动的是，准备参加培训的学员们也来了。我们这群不成建制、不发工钱、男女混搭的“装修队”，在刺骨的寒风中、昏暗的灯光下，硬是用不到两个月的时间，将毛墙毛地的敞篷房装修成了功能齐全、粉刷一新、装饰靓丽的“贝亲好培训中心”和“吕梁山护工第一联络部”。

面对新落成的培训中心，姐妹们自豪地说：“干点活、吃点苦，我们不怕，就怕没有方向。现在有政府支持、领导关心、爱红领路，累是累点儿，但我们快乐！”面对此情此景，我又哭了……

感谢姐妹们看得起我！感谢各级领导信任我！感谢党和政府支持我！全国优秀农民工、山西省五一劳动奖章获得者、山西省人大代表……这些荣誉的取得，是你们支持、信任和培养的结果。

回想这十几年来的历程，我从一个小保姆走到今天，是勤劳的双手改变了我的命运！当看到经我们介绍就业的 10000 多名家政人员，有合适的工作、满意的收入、幸福的家庭，我是满足的；当看到一批批经过培训的家政人员就业上岗，奉献自我，服务社会，我是幸福的；当看到一个个客户介绍来的回头客、一张张老人幸福的笑脸以及一封封客户的感谢信，我觉得自己的选择是正确的！人，可以凭借双手赢得尊严！

我想，这可能就是——“幸福都是奋斗出来的”真谛吧！

>> *嘉宾点评* 祝灵君

家政人的奋斗故事

幸福是奋斗出来的，尊严是靠双手赢得的，新时代是干出来的。民族的伟大复兴，不是一个人、少数人能完成的，需要千千万万普通人凝心聚力、齐心协力，共同努力、共同奋斗，每个平凡的个体在参与创造伟大时代的同时，也在创造自己的美好人生，也在实现奋斗得来的幸福。李爱红深刻践行了习近平总书记关于“幸福都是奋斗出来的”的重要精神，确立了为更多的人谋幸福的信念，把个人的奉献和努力融于民族复兴、国家强大的伟大事业之中，讲述了家政人的奋斗故事。

时代新人——苏秀荣

>> 人物小传

苏秀荣

时代新人说 · 讲演录

- 男，1976 年 10 月出生。
- 中共党员，中国教育学会会员，太原市杏花岭区小返乡联校教师。
- 先后被评为山西省名师培养对象、“三晋英才”支持计划拔尖骨干人才、山西省特级教师、国家级科研课题优秀主持人、全国模范教师。
- 他耕耘于校园，行走在乡间。在朴实的泥土里，他看到诗和远方；在微薄的收获里，他坚信希望的存在。

我是一名乡村教师

苏秀荣

大家好！我叫苏秀荣，是一名普通的乡村教师。

今年春节有一部电影叫《疯狂的外星人》，不知大家看过没有？这部荒诞的电影就改编自刘慈欣的小说《乡村教师》。当然，真正的乡村教师既非外星人，也不疯狂。

我 19 岁那年从师范学校毕业，来到小返乡，成为一名乡村教师。当时印象最深的是，那几间旧校舍，用 4 个字形容就是“破败不堪”。教室的屋顶上千疮百孔，晴天是“阳光房”，雨天是“水帘洞”，孩子们就在这样的“阳光雨露”里“茁壮成长”。当年，我不是先走上讲台的，而是先爬上房顶的。搬运工、电工、暖气工、修理工……那些年，妻子总是开玩笑，说我是“一专多能的复合型人才”。记得有年下大雪，由于校门窄，采暖用的 2000 多斤煤只能被卸在校门口，同事和我两个人，就用小平车一车一车地把煤推进来。脸上布满黢黑的煤灰，手上满是酸爽的水泡——这就是我作为乡村教师的初体验。

作为乡村教师，我们所处的环境决定了我们的生源不可能那样整齐优秀，尽管我们也有不少很有天赋的孩子，但总体上来说，我们所面对的多是学习基础较差、行为习惯欠佳、家庭教育也不太好的孩子。教这样的学生，许多老师会感到很沮丧，付出一样甚至更多的努力，却不能和城里的老师那样有成就感；再加上乡村学校条件艰苦，很多老师最终选择了调离，坚持下来的寥寥无几。说实话，我也曾经动摇过，但一想到那弯弯的山路上留下的足迹，想到孩子们送我的自己亲手制作的奖状，想到每当有老师要离开乡村时孩子们依依不舍地站在路边送别的场景，我毅然选择了留下。20 多年来，我们学校发生了翻天覆地的变化，以前的瓦房变成了现代化的教学楼，我为农村教育的发展感到欣慰。人的一生有许多选择，选择为师，选择在乡村为师是我一生无悔的决定。

多年前，我教过一个学生，名叫齐君亮。由于经常不完成作业，我去他家走访。看到土打的窑洞里，随处摆放着柴火。他的母亲智障，并且由于身体残疾而不能行走，长年靠父亲在外打零工为生，家里没有一件像样的铺盖。看着千疮百孔的墙面，那一刻，我的心头仿佛被什么东西堵着说不出话来，七尺男儿的眼圈竟然泛红了。回来后，我马上把家里崭新的被子送到他家。我为齐君亮买棉衣，还经常辅导他功课，给他讲人生道理。现在的齐君亮已经上了大学，我为包括齐君亮在内的每一个孩子的成长感到由衷的高兴。

学生吕顺贤，父母长年在外打工，他和奶奶租住在小返村的两间窑洞里。我刚教他的时候，发现这个孩子常常迟到，有时候一个上午都不见人影。于是我去家访询问情况，才知道，原来他奶奶经常要早早地去市里卖自家种的苹果，没有人督促，所以他经常就一觉睡到中午。知道情况后，我特意买了一只闹钟送给他，让闹钟每天早上替奶奶叫他起床。从此，他再也没有缺过课。在乡村，像这样的学生还有很多，唯有宽容和理解，唯有给予他们更多的关爱，才能融化他们那幼小心灵的坚冰，这是每一位乡村教师的职责与使命。

为师者，不想误人子弟，必先锤炼技艺。我曾听到一位刚从农村调到城里的老师说：“在乡村工作，纯属浪费生命……”我的心一下子就被刺痛了。我认为我们可以反省自己，但无权去指责那片土地。我常常这样问自己：“每天和孩子们打交道，每天都要上课，你的课堂吸引学生吗？”为此在平时的工作中，我会反复地研磨课堂内容，从目标教学到翻转课堂等我不断更新着教育理念，改进着教学方法。几年来，我先后被评为山西省特级教师、全国模范教师等。我感到自己肩头的担子更重了。我一直都在努力，要求自己每天 5 点起床，开始学习、写作……我想告诉每一个人，我们乡村教师也很棒！

我喜欢听教室里传出的琅琅的读书声，喜欢和孩子们一块儿嬉戏打闹。“老师，跟我们去踢球吧？”“老师，那儿有一窝马蜂……”我享受着和孩子们相处的快乐。我觉得乡村不仅仅有泥土，还有诗和远方。

通往小返的路，我已经走了 24 年。我从一个血气方刚的毛头小伙变成了两鬓渐白的中年人。蓦然回首，我的心中百感交集，最后，我想用刘慈欣小说《乡村教师》中的话传达我的心声：东方已经放亮了。老师是放在从教室拆下来的一块门板上下葬的，陪他入土的是两盒粉笔和一套已翻破的小学课本。娃们沿着小路向村里走去，他们将活下去——以在这块古老贫瘠的土地上，收获虽然微薄，但确实存在的希望。

谢谢！

>> 嘉宾点评

祝灵君

为孩子点亮知识明灯

新时代呼唤奋斗者和担当者。教师是民族振兴的基础，乡村教师则代表着中国农村教育的灵魂。苏秀荣，一位默默无闻却又默默坚守的乡村教师，一名诠释奋斗与担当的时代新人，时刻坚守着为人师者的信念和职责，谢纷华而甘淡泊，扎根乡土20余年，为孩子们点亮耀眼的知识明灯。他顺应时代呼声，响应党的号召，回应人民期盼，用爱感化心灵，用生命影响生命，撑起了乡村孩子梦想的蓝天。

时代新人——陈　勇

>> *人物小传*

陈　勇

时代新人说 · 讲演录

- 男，出生于 1972 年 7 月。
- 中国民主建国会会员。高级修脚师，太原市级非遗陈氏传统修脚术第四代传承人。
- 先后获得“太原好人”“山西好人”“太原市学雷锋优秀志愿者”“山西省助人为乐道德模范”“时代新人 · 晋阳工匠” 等荣誉称号。
- 弘扬工匠精神，小手艺，大作为。利于社会，泽惠他人。

敢问路在何方

陈　勇

大家好，我叫陈勇，15 年前，我是一名司机，生活得很快乐，但突然有一天，我的天塌了，地陷了！那是 2003 年 7 月的一天晚上，我骑着自行车在下班回家的途中不慎摔倒，导致颈椎第三、四节以下完全失去知觉。高额的手术费用让全家陷入困境；更可怕的是医生说即便手术，站起来的几率也只有 50%。彷徨、痛苦、悲伤、绝望……我不敢想象今后的人生该怎样度过！于是，我把医生开出来的安眠药一片一片悄悄地攒起来，准备在过完 31 岁的生日之后就了结这一切痛苦。

生日那天，家人围坐在我的病床前，幼小的儿子一遍遍为我唱着生日快乐歌，那一刻，我忽然觉得自己太自私了，一把药吃下去可以了结自己的生命，可眼前的妻儿今后将如何生活？我不能这样倒下，必须站起来。在亲朋和好心人的帮助下，我顺利地完成了手术治疗。在康复训练中，我无数次跌倒又坚强地爬起来，5 个月后终于重新站起来。我的右腿落下了残疾，虽然走路不太稳，但我每一步都走得很认真。站起来后，我开始思考人生之路，却不知路在何方？我们陈家祖传的手艺是修脚，那就从“脚”开始吧，这路不就在“脚”下吗？

2004年，我来到北京，向叔叔学习家传的修脚手艺。

2008年北京奥运会之后，我学成回到太原，租下了一间不到13平米的小房子。第一家“勇跃修脚店”开张了。那时候，人们对修脚这个职业还没有足够的认识，我生意惨淡，顾客寥寥无几，但我不怕。然而一些冷嘲热讽的话却让我心里不舒服。有一次，一个人指着我说：“你再努力，也就是个修脚的，能有多大出息？”这话就像刀子扎在我的心上。我就不信我干不出名堂来！七十二行，行行可以出状元，要么不做，要做就做最好的修脚师！

记得有一年中考期间，一位父亲领着自己的男孩，一瘸一拐地来到店里。孩子的甲沟炎特别严重，两个大脚趾的趾甲旁，不但红肿，而且已经化脓了，如果不及时处理，会影响孩子的体育考试。我连忙给孩子消毒，之后用我们陈家对甲沟炎最拿手的技术，稳、准、轻、快地把嵌在肉里的趾甲取了出来，再给趾甲用药、包扎……孩子穿上鞋，走路顿感轻松，高兴地说：“叔叔！谢谢您，我的脚不痛了，可以参加体育考试了！”

我用自己的手艺和热心服务赢得了顾客的认可。“勇跃修脚店”的名气渐渐大起来，慕名前来学习的人也多了起来。

记得那是2011年的春天，一个小姑娘架着双拐在妈妈的陪伴下来到我的店里。我低头看去，发现这个小姑娘膝盖以下全没了，安的是假肢。小姑娘用期盼的眼神看着我说：“我从报纸上看到了您的事迹，专门从襄汾赶来向您拜师学艺。我虽然没有腿，但我还有一双手啊！”我被眼前这个坚强又懂事的小姑娘打动了，她的痛我懂！我含着泪点点头说：“孩子，我教你。”

在接下来的学习中，我耐心教，她认真学。3 个月后，她终于可以给顾客修脚了。那个月，她拿到了自己人生中的第一份工资 280 元，眼中流出了感激的泪水。修脚虽然看似不起眼，但我能通过它帮助别人解除痛苦，让残疾人对生活重新燃起希望，择一业而终一生，我为此自豪！

“勇跃修脚店”从一家到三家，员工从我一个人到二十几个人。10 多年来，我带着徒弟们去养老院为 3000 多位老人义务修脚，我也因此被评为 2017 年度助人为乐“山西好人”，还荣获了“中国修脚大师”的荣誉称号，担任“全国修脚职业技能大赛”评委。2018 年，“陈氏传统修脚术”被太原市政府列为“非物质文化遗产”。

今天，我站在这里想告诉大家，职业没有高低贵贱之分，只要你肯努力付出，就一定会得到社会的尊重和认可；生意没有大小之分，只要用心去做，用爱去经营，一样可以为社会做出贡献！

>>嘉宾点评

张 坤

路在脚下

这是我们身边一个可亲可爱可学的“路在脚下”的榜样。

虽然他是一位残疾人，从事的是修脚手艺，似乎普普通通，没有惊天动地的业绩，但他却以自强不息的精神，在平凡的岗位做出了不平凡的榜样。

特别是在身残志坚的行动中，还有一颗乐于助人的大爱之心。

将心比心，你的痛我懂得。

让一个因病痛苦的中考生，顺利站起来参加体育考试；

让一个无腿的残疾小姑娘，随他学习 3 个月，重新扬起生命的风帆！

成就他人就是成就自我。每个人都可以走出属于自己的路。

路在脚下，越走越宽。

时代新人——张一凡

>> *人物小传*

张一凡

时代新人说·讲演录

- 男，出生于1996年5月。
- 专业进行文学创作，致力于公益事业。
- 罕见病“杜氏进行性肌营养不良症（英文简写：DMD）”患者，太原市作家协会会员，公益项目“MD爱心手工坊”联合发起人。
- 他曾坠入深渊，却因研读传统经典浴火重生；他一度面临死亡，却奋进不屈，终创生命奇迹。
- 身残志坚，居轮椅而思大爱，当为新时代青年楷模！

拥有爱　传递爱

张一凡

大家好！我叫张一凡。今天，我演讲的题目是《拥有爱　传递爱》。

我是一名 DMD 绝症患者，同时也是一位乐观的青年。杜氏进行性肌营养不良症，简称 DMD，与渐冻症同属一类，目前在全世界没有任何有效的治疗方法，绝大多数患者在 20 岁左右就会因呼吸衰竭而离开人世。幸运的是，我今年已经 22 岁了。

我在 7 岁时被确诊，当时医生告诉爸妈，我最多只能活到 18 岁。但是，我的父母不甘心就此放弃，决心与病魔抗争到底。从那天起，我们就踏上了漫长的求医之路。为了看病，我们无数次地奔波于大江南北，几乎走遍整个中国。

比起旅途的辛劳，更让我难以忍受的是，在治疗中我承受了许多常人无法想象的痛苦。记得当年，我吃中药要以麻袋来计算。有一次，我去北京做针灸治疗，在3个月的时间里，每天都要扎好几十针。十几厘米长的银针常常使我痛不欲生。甚至，我还曾整整两个月喝过自己的晨尿。

不过，比生理上的痛苦更加致命的是精神上的折磨。11 岁时，我失去了行走能力，成了一个活在轮椅上的“家里蹲”，有时好几个月都不出家门。随着年龄的增长，我在网络上结识了许多同龄的朋友。看到他们在阳光下自由的奔跑，尽情的玩乐，我却只能孤独地待在阴暗的家里，心情无比痛苦。面对生命，我根本找不到存在的意义，认为自己是一个无用之人。甚至，我觉得自己成了家里的负担，于是，我开始自暴自弃，抱怨命运的不公。

这时，我又听到了一个噩耗——我的病友，也是我最好的兄弟，峰峰离开了人世，年仅 18 岁。峰峰的离去，让本就痛苦的我，彻底坠入绝望的深渊，似乎死神已经近在咫尺。那时，几乎每一个寂静的夜晚，我都会无声地痛哭，枕头不知道被泪水湿透过多少次。我曾经想到过死，甚至开始计划如何自杀。

好在父母及时发现了我的异常，在他们的努力下，我走进了传统文化《孝经》的课堂。是《孝经》中的两句话，彻底改变了我。第一句是：身体发肤，受之父母，不敢毁伤，孝之始也——不伤害自己，才是最基本的孝。我突然发现，自己想死的念头真是太自私了！我的生命不只属于自己，就算为了爸妈，我也得好好地活下去，而且还要活得精彩。

第二句是：立身行道，扬名于后世，以显父母，孝之终也。孝的真谛，不是每天陪在父母身边，而是应该用他们给我的生命，去立身行道，做出一番事业，让父母感到自豪，感到荣耀，这才是最终极的孝！这一刻，我终于找到了活着的意义。以我的身体，可能无法给爸妈洗脚、捶背，但是，我还可以尽我所能，去做一些有意义的事情，让爸妈知道，他们的心血不会白费，我要成为一个有用的人！甚至有一天，我要给他们养老！

确定了这个信念之后，我做的第一件事就是成为《孝经》课堂的板书义工。从此，我每课必到，这一干就是3年。后来，我又想到了DMD的病友们。他们中的很多人，和之前的我一样，每天都过着没有希望的生活。所以，我就想到把自己的生活经历，还有我对待生命的态度，分享给更多的病友，让他们能够像我一样，摆脱阴霾，快乐而精彩地生活。这——将是我为之奋斗的方向和理想！

2017年9月，我创办了微信公众号“一凡无用堂”，希望通过我的文章，向病友和更多需要的人，传递心中爱的力量。

我的经历被《三晋都市报》报道之后，获得了阿里巴巴“天天正能量”二等奖，得到了5000元奖金。获奖后，我开始思考怎样用这笔钱帮助更多的DMD病友。经过慎重考虑，我将这笔钱捐献给了“陕西MD罕见病关爱中心”的“爱心手工坊”公益项目。这个项目的内容，是让病友们在大学生志愿者的协助下体验手工制作。通过这些活动让他们融入社会，感受到大家庭的关爱和温暖。为此，我专程赶赴西安，参加了一场“爱心手工坊”活动。看到病友们在活动中展露的笑颜，我受到了极大的鼓舞。我将在这条传递希望的道路上，走得更加坚定。

非常庆幸，我生长在这样一个国泰民安、社会和谐的新时代。

党的十九大提出了“担复兴大任，做时代新人”的号召，这让我深切地感受到作为一名新时代有志青年身上的责任和使命。

我有一个梦想，就是成为一名励志演说家，用乐观和自强，去激励更多的病友，让他们从精神上站起来。

我想告诉DMD群体所有的病友——即使像我们这样的人，也能燃烧自己短暂的生命，喷薄而出点亮世界的光！

我愿化作一根燃烧的蜡烛，用生命中珍藏的爱和希望，照亮所有不幸的人，把爱的烛火传递下去。

我将以病残之躯，做时代新人，为祖国的伟大复兴贡献自己的力量！

>> *嘉宾点评*　　徐 川

向命运的抗争者喝彩

命运是不公的，有的人生来就无法在太阳底下自由奔跑；命运是公平的，只要不放弃，总能发现透过窗户射进来的那一道光。我们为生来就和演讲者一样患有重疾的朋友惋惜，更为同演讲者一样从不低头、从不退缩的命运抗争者喝彩。新时代是属于每个人的时代，扛起自己的责任，担起自己的使命，不要轻言放弃，不要消极颓废。时代的舞台，时刻为所有敢于有梦、敢于追梦的人准备着。

时代新人——牛　琴

>> 人物小传

牛 琴

时代新人说 · 讲演录

- 女，出生于1982年7月。
- 中共党员，太原市第六十二中学教师。
- 荣获太原市第六届“课堂教学基本技能竞赛”高中组二等奖、首届“成长杯”优秀奖，获太原市“时代新人说”第二季“时代新人优秀宣讲者”，荣登2019年5月太原市“时代新人榜”，当选太原市“向上向善好青年”、第二届全国青年运动会火炬手。
- 她在三尺讲台上默默耕耘，耐心帮助“拔节孕穗期”的少年系好第一粒扣子。她相信：她的努力，时间看得见。

相信时间看得见

牛　琴

大家好，今天我要讲的是我和我的学生的故事。我的学生们很好玩，他们经常问我各种各样的问题，我挑一个也问问大家。快过年了，您觉得家门口贴什么字才能显得富贵？福、顺、发……学生告诉我是“拆”！不知从什么时候开始，“拆二代”成了富有的代名词。如果说过去，农村家庭因为经济贫困、生活艰难激发了子女求学上进的欲望，那么今天，在已经富裕起来的“城中村”，一些孩子反倒迷失了方向——我的学生韩俊就在其中。

韩俊 2017 年入校，由于家境优越、出手阔绰又讲义气，他的身边经常聚集着十几个同村的孩子。他们抽烟喝酒、打架斗殴，眼里没有同学班级，只有哥儿们兄弟。老师们拿韩俊没办法，很多家长也都不愿意让自己的孩子靠近他，韩俊感受到了大家对他的不接纳，很苦恼，却找不到情绪的出口。我很想帮帮他。

我努力用放大镜找他的优点，忽略他的缺点，还挺难。他上课一睡不起，下课不见踪影，即使被叫到办公室也是一言不发，目视前方。那些“与学生进行一次推心置腹的交流，给学生递上一个爱的眼神”就能春风化雨的方法，在韩俊这里，就是我以 4G 的速度在传输，他也依然处于“飞行模式”。这个大男孩，我始终看不透他的心。无奈之下，我只好亮出“杀手锏”——请家长。韩俊父亲的到来让我再一次受到冲击。他靠在椅背上，翘着二郎腿“吞云吐雾”，脖子上挂着小拇指粗的金项链，当我说起孩子的种种表现时，他只用一个词来回应我：“顺其自然。”看着这样的父亲，我似乎明白了什么。我想起习近平总书记说的话：“人生的扣子从一开始就要扣好。如果第一粒扣子扣错，剩余的扣子都会扣错。”韩俊，他的第一粒扣子有些松动，甚至已经错位了。我真希望自己是一面镜子，让他看到那粒扣子，我的帮助能让他把扣子系好。

我开始关注韩俊的喜好，想“投其所好”走近他。当得知他喜欢打“王者荣耀”时，我也开始勤学苦练。练了整整两周，我深深地觉得玩游戏是需要技术的，而我并不擅长。就在我一筹莫展的时候，一名学生悄悄告诉我：“牛老师，韩俊他们最近周六总在太化小公园斗街舞。”这个消息瞬间点醒了我。周六，我戴上口罩，乔装成路人甲，偷偷拍下了韩俊跳舞的视频。在视频中，我看到一个自信满满、洋溢着青春活力的少年，这才是他该有的模样啊！我马上把视频传给科任老师，拜托每一位老师在课堂上不着痕迹地夸他。后来，音乐老师还在全校的公开课上展示了那段视频。就这样，在老师们的“密谋包装”下，韩俊成了学生们崇拜的“舞林高手”，还收获了一票粉丝。小时候学过舞蹈的我，也领着儿子一起学他的视频，一天、两天……我每天都把练习的片段发给他，附带一句：“小韩老师，你给指点指点呗！”过了很久，我终于收到他的第一条回复：“太差。”而这个否定词，在我看来分明是肯定啊，他总算放松了戒备……

而就在我练舞不小心崴了脚，一瘸一拐地走过他身边时，听见他招呼两个学生："扶着点儿啊！没点儿眼色。"我感受到了他关切的目光，他却没看到我上翘的嘴角。不久，我又一次把韩俊的父亲请到学校，想跟他谈谈这个孩子令人欣喜的变化。而他父亲的脸上依旧是一个大写的"拆"字。在云雾缭绕的办公室，一向不开口的韩俊对父亲说："你把烟掐了，这是我们老师的办公室！"我清晰地捕捉到他父亲诧异的表情和韩俊略带羞涩却坚定的眼神。那一刻，我看到了他的内心，感受到了他迸发出的向上向善的力量，内心不禁热流涌动。我想：大概是时间看见了我的真心吧。

现在的韩俊，是我们学校街舞社团的团长，以前聚在他身边的很多学生也加入了街舞社团。在不久前的"舞动时代"比赛中，他们还获了奖。他说，以前他们每天吃喝玩乐，但感觉孤独空虚；惹是生非的他们渴望被关注、被接纳。现在，他们已经完全融入到学校这个大家庭了。

我很欣慰，他们蜕变成了一个个精神富足的少年；我和同事们很庆幸，在他们前行的道路上同样印着我们的一行行足迹。我们也很担忧，到2020年，全市要完成173个城中村的改造，常住人口近百万。而那数以万计的孩子们，我们该如何带领他们走出迷茫？

旧房子拆掉重建，容易；但孩子们精神家园的重建，则需要我们全社会的共同努力。作为孩子的老师，我们应该义不容辞，走在最前面。

于漪老师说："一辈子做教师，一辈子学做教师。"我坚信：有时间在，有我们在，有教育在，这些扎根于城市边缘的"拆二代"，终将成为这座城市的建设者，成为美好生活的开拓者，成为自己精神家园的守护者。

>> 嘉宾点评

张璐

点亮未来的"微光"

城市化进程中出现了"拆二代"，"拆二代"的教育是个社会大问题。牛琴老师以"相信时间看得见"为主题讲述自己和学生的故事，为我们展示了一位"小老师"的"大情怀"。一位普通的中学老师，能够关注生活在城市边缘的"拆二代"，努力去重建孩子们的精神家园，而且有勇气有自信让时间来证明，需要多大的力量！在她身上，我能看到点亮孩子未来的一缕"微光"。无数"微光"汇聚起来，就是新时代的光芒！

时代新人——殷　彬

>> 人物小传

殷 彬

时代新人说 · 讲演录

- 男，出生于1980年6月。
- 艺术玻璃 · 工艺品雕刻师。
- 中央电视台财经频道曾报道其故事，并据之拍摄大型励志纪录片《城市梦想 · 我是你的臂膀》；曾荣获“感动山西”提名奖，“时代新人优秀宣讲者”称号。
- 没有强壮的臂膀，却为女儿营造了健康的童年；没有完整的双手，却能雕刻出充满质感的人生。

让生命燃烧

殷　彬

大家好，首先非常感谢各级领导对我的关怀与鼓励，同时我也很荣幸能够成为“时代新人”宣讲团的一员，来到这里与大家共同成长、进步。

今天与大家分享的故事，从我身后的这张照片说起（放 PPT）。这是一双残缺变形的手，所有的手指关节都不能自由弯曲和伸展；这又是一双充满工匠精神的手，双手合并组合，恰好是“我”字的汉语拼音首字母。这就是我——励志匠人殷彬。

我出生在一户农民家庭，自幼先天性双上肢体残疾，一出生便给家庭带来不小的压力。甚至有人劝父母把我扔掉，但父母没有嫌弃我，反而更加细致入微地关爱我、鼓励我勇敢积极地面对生活。在日常生活中，我碰到了许多困难，吃饭、洗脸、穿衣、系鞋带等，这些在常人眼里看似再平常不过的事情，对于我而言都有极大的不便。

为了能够减轻家人的负担，我尝试自食其力，出去闯一闯，但父母对我不放心，怕别人嫌弃我，笑话我，不让我出去。可是，总不能让父母养我一辈子吧，带着父母对我的担忧，我毅然踏上了一段未知的人生之路，独自闯荡。一路的艰辛可想而知。我摆过地摊、卖过报纸、做过销售，苦辣酸甜，只有自己知道。

经历了许多不同的工作，最终，通过自己的努力，我自学了艺术玻璃雕刻技能，终于能够在易碎的玻璃制品上雕刻出精美的花纹图案了！

我独自一人南下广东打工学习。

2005 年，我在广东省一家珠宝公司担任玉石礼品设计师一职。2006 年，我有幸参与了该公司关于“2008 年奥运会”玉石礼品的设计制作，这给我的人生履历增添了浓墨重彩的一笔。2008 年，我信心满满地回到家乡创业。在创业的道路上，我经历了多次失败，但我仍然坚持梦想并努力拼搏。然而，就在我满怀热情地再次创业之时，上天和我开了一个巨大的玩笑。

2012 年，我的女儿被诊断为双耳重度耳聋。医生说，目前最好的治疗方法，就是植入人工耳蜗，女儿才有希望听见声音，可是，几十万元的高额治疗费用对于我们这样的特殊家庭而言，几乎就是一个天文数字。为了能让女儿及早治疗，我倾其所有，借遍了所有的亲戚朋友，甚至以废铁的价格变卖了我的雕刻工具和设备，东拼西凑，总算筹齐 20 多万元，为女儿进行了人工耳蜗的植入手术。

可命运总是在捉弄人，就在女儿术后语言康复训练期间，又被查出患有先天性心脏病，需及时治疗。在爱心机构的帮助下，女儿在北京安贞医院顺利地完成了心脏修复手术并痊愈。同年，不幸的事情再一次笼罩这个磨难重重的家庭，我的父亲因病无法治愈，急匆匆离开了我们。

短短几年，身体瘦弱且带有残疾的我，不得不一次次面对亲人被病痛折磨，遭遇生死离别。我的内心深处有了心理阴影和创伤，然而，我没有倒下!

“人生如此艰难，你要自己强大”，回想一路的艰难坎坷，身体虽有残疾，但我没有认输。

骑行、打乒乓球，是我最喜欢的运动方式。

我曾在太原市残疾人运动会中取得了乒乓球项目铜牌和田径项目银牌的好成绩。

我的故事被各大媒体转载报道。

2016 年 6 月，我参加了中央电视台的《向幸福出发》节目；同年 12 月，山西卫视“第一访谈”报道了我； 2017 年 1 月，我被评为 2016 年度“感动山西人物”候选人，并获得了“感动山西”提名奖的殊荣……

2018 年 6 月，我的故事再次被中央电视台财经频道所关注，并受邀参加拍摄了大型励志纪录片；2018 年 10 月，《中国日报》国际版报道了我的故事；2018 年 12 月 21 日，我在“时代新人说”大型讲述活动第二季尖草坪赛区荣获一等奖……

2019 年 1 月 18 日，我在太原市“时代新人说”大型讲述活动第二季决赛中荣获“时代新人说优秀宣讲者”称号。

这些报道和荣誉对我来说非常珍贵，鞭策着我砥砺前行。

作为一名父亲，我给了女儿一个健康的童年。

作为一名匠人，我的作品独具匠心。

作为一名残障人，我身体力行，去影响、激励更多的人，传递正能量。

我认为，上天给予你磨难，如果你能承受，那么，在今后的道路上，你一定会越来越坚强，你的人生也一定会越来越顺畅！

这些磨难给了我坚强、勇敢、乐观、自信……只有积极向上面对一切，你的付出就会有价值，你的人生才会有意义！生命的绽放在于历经磨难，生命的拥有在于时时感恩。在此，我也想感谢所有帮助过我的人，感谢你们对我的支持鼓励，感谢父母对我的养育之恩。

身残志坚、乐观自信、永不言败，这就是我，殷彬。我会用一颗匠心诠释自强不息的生活态度。不抱怨不放弃，让生命燃烧！

“改革创新，奋发有为”，对我个人而言，首先要从改变自己开始，改变思维方式，无论是在学习中还是工作中，我们都应该对自己有全新的认知，更应该有创新的精神和解决问题的思路与方法，我们能够身处这个新时代是幸运的，既然时代给我们创造了非常好的条件和机遇，那么我们更应该顺应时代的发展，自我成长，努力奋斗，发奋图强，勇敢有谋，有所作为，做时代新人，做力所能及的事情，让我们一起努力，共同进步，脚踏实地，在平凡的工作岗位上做出不平凡的成绩，让我们携手迈进，努力奋斗，做时代的践行者、奋斗者！

>> 嘉宾点评

曲建武

破茧成蝶的成长故事

饱经人生磨难的殷彬，在历经命运所赐予的各种“厚爱”后，依然用平静、乐观的语言讲述成长的故事，表达内心世界的富足，诠释独特的大国匠人的责任。在生就不完美的人生履历中，他不是自哀自怜的弱势群体，而是展现着比健全人更为热情积极的人生探索。这是一双艰苦奋斗的手，摆地摊、卖报纸、做销售；这是一双富有工匠精神的手，参与奥运会玉石礼品的设计工作；这是一双不甘平庸的手，骑行、打乒乓球、参加残疾人运动会并获殊荣。同时，在这个破茧成蝶的成长过程中，父母的爱、亲朋的支持、社会的理解、国家的认同，形成巨大的合力，让新时代中所有自强不息的有志青年都拥有人生出彩的机会！

我的热爱，大声说出来

——致新时代奋斗者

时代新人集体创作

风里去，雨里来，
我的身影一直都在。
有无奈，有感慨，
我抖落一身尘埃。

是什么让我执着前行，
是什么让我初心不改？
新时代的奋斗者，
我的热爱，要大声说出来！

有理想的青春从不妥协，
宁愿二十岁去追寻，绝不六十岁再追悔，
这是我，一个青年人奋发向上的风采。

向着阳光生长，开放，
你光明，一切就不黑暗。
这是我，一个顽强生命的真诚告白。

守得住本分，跟得上时代，
借时代之力实现自我突破，
这是我，一往无前的从容姿态。

平凡中非凡，尽头处超越，
要做，就做最好的自己！
这是我，追求卓越的辽阔心海。

哪怕微不足道，哪怕无人知晓，
你是自己的大英雄，你很重要！
这是我，始终相信一切都是最好的安排。

我的故事，哪怕再平凡，
也是这个时代的故事。
我的力量，哪怕再微小，
也是推动时代进步的力量。
这是我，一个平凡生命的激情澎湃。

我的热爱，
向着明天大声说出来：
用生命温暖生命，

把手边的事儿做好，
勤劳的双手改变命运，
国家许我以信心，我许国家以未来！

我的热爱，
向着新时代大声说出来：
我们踏实无比，
我们百分努力，
我们甘之如饴，
我们寂静欢喜。

新时代的大门为我徐徐打开，
涓涓细流正在汇成江海。
平凡的生活，不变的情怀，
平凡的力量，超凡的气概。
为奋斗的自己喝彩，
用一生守得幸福花开。

从今天起，做一个时代新人，
把奋斗写在大地上，
让梦想点亮新时代！

后　记

自 2017 年 11 月 2 日太原市委率先发出“担复兴大任、做时代新人”倡议以来，主题活动已持续开展 20 多个月。先后组织时代新人标准大讨论，开展“时代新人说”讲述活动、征文活动和微视频大赛，举办“奋斗幸福观”研讨会，创新“时代新人”思政课，每月发布“时代新人榜”等。其中，“时代新人说”讲述活动以“讲时代故事、发时代先声、做时代新人、领时代新风”为主题，举办两季 1200 多场比赛，陆续有 10000 多名一线劳动者走上舞台，讲述自己和身边人奋斗圆梦的故事，成为基层干部群众喜闻乐见的新思想传播形式，以及新时代动员人、激励人的有效载体，作为太原宣传思想工作的特色品牌走向全国。央视庆祝改革开放 40 周年大型政论专题片《必由之路》中，专门用 1 分钟介绍“时代新人说”活动。中宣部推广太原经验，策划组织了庆祝新中国成立 70 周年“时代新人说——我和祖国共成长”演讲大赛，这项活动正在全国城乡广泛深入地进行着。

在时代新人活动中，涌现出一大批平凡的奋斗者，他们成为基层干部群众信得过、愿意学的身边榜样。为发挥时代新人在传播新思想、创造新生活、引领新风尚等方面的积极作用，激励更多的人投身民族复兴伟业，我们组织编辑了“时代新人说”系列丛书，包括《时代新人说·讲演录》《时代新人说·少年篇》《时代新人说·故事汇》。《时代新人说·讲演录》收录了太原各行各业涌现出的50位时代新人代表的演讲稿，集中体现了他们所具有的热爱、自信、担当、创新、专业、坚韧的鲜明品质，彰显了他们作为新时代的奋斗者、复兴路上追梦人的炽热情怀。

本书编辑历时3个月。山西省委宣传部副部长、山西省新闻出版局（版权局）局长夏祯十分关注本书的编辑出版，予以有力指导；太原市委常委、宣传部部长张璐总体策划，确立全书框架、体例和整体风格；太原市委宣传部副部长马竣敏统筹编务工作，文化科科长杜丽娜、干事杨宇栋具体协调和收集、整理相关资料；山西艺匠天下文化公司、太原锦华和泰文化传媒公司组织专业人士为50位时代新人绘制了肖像漫画；仙永峰老师在装帧设计上多有贡献；山西教育出版社总编辑刘立平积极推进，责任编辑刘晓露、刘超等精心编校；特别是詹国枢、曲建武、蒋昌建、张坤、杨禹、祝灵君、钟君、徐川8位全国知名专家、学者，在百忙之中对演讲稿进行了精彩点评，在此一并致谢。

囿于编者水平有限，错漏之处，敬请广大读者批评指正。

编　者

图书在版编目（CIP）数据

时代新人说：讲演录 / 泰原轩主编. -- 太原：山西教育出版社，2019.8
ISBN 978-7-5703-0548-3

Ⅰ. ①时… Ⅱ. ①泰… Ⅲ. ①演讲—中国—当代—选集 Ⅳ. ① I267

中国版本图书馆 CIP 数据核字 (2019) 第 164084 号

时代新人说 · 讲演录
SHIDAI XINREN SHUO · JIANGYAN LU

责任编辑　刘晓露
复　　审　海晓丽
终　　审　郭志强
装帧设计　仙永峰
　　　　　王耀斌
印装监制　赵　群

出版发行　山西出版传媒集团 · 山西教育出版社
　　　　　（地址：太原市水西门街馒头巷7号
　　　　　电话：0351-4729801　邮编：030002）
印　　装　山西立方印业有限公司
开　　本　787 × 1092　1/32
印　　张　10.375
字　　数　207千字
版　　次　2019年8月第1版　2019年8月山西第1次印刷
印　　数　1—5 000册
书　　号　ISBN　978-7-5703-0548-3
定　　价　36.00元